Collection folio junior

dirigée par
Jean-Olivier Héron
et Pierre Marchand

Donald Grant est né en 1954 à New York, Brooklyn. Il a fait ses études au Pratt Institute. Mais, à la réflexion, sa meilleure école a sans doute été le voyage. En effet, il a passé six ans à parcourir le monde, peut-être pour l'observer et réfléchir, avant de choisir le dessin pour s'exprimer.

Yves Frémion écrit surtout pour les adultes : romans, nouvelles, théâtre, chansons, livres d'art, essais historiques, etc.
Tongre est son premier livre pour les plus jeunes et il l'a dédié à sa fille Laetitia. Il a beaucoup écrit de science-fiction et dirigé la revue *Univers*.
Il est aussi un iconologue distingué, c'est-à-dire quelqu'un qui étudie la bande dessinée et les images ; il anime des ateliers dans les écoles et les bibliothèques pour expliquer comment lire ces images et en faire soi-même.
Il vit dans un hameau perdu entre les Causses et les Cévennes, entre les sangliers, les renards et les vautours.
Tongre a obtenu le Grand Prix du Livre pour la Jeunesse décerné par le Ministère de la Jeunesse et des Sports, à l'unanimité des jurys adulte et enfant.

Yves Frémion

Tongre

Illustrations de Donald Grant

Gallimard

Pour Laetitia
Y.F.

« Les ondes du nombril de la terre répètent
à son cerveau les pas derniers du Centaure. »

Alfred Jarry, *César Antéchrist*

1

Six sabots sur un sol gelé

Le vent Menyr courait sur la lande.

Des bourrasques soulevaient, par petites gifles, les fragments les plus légers de la neige collée à la terre. Ceux-ci s'envolaient alors et venaient fouetter tout obstacle surgissant devant eux, les rares et maigres arbres par exemple, ou des buissons décharnés, ouverts au souffle et déchirés de part en part.

Arrachés d'une motte jaunie, les fragments de cette neige se reposaient plus loin. On aurait pu croire qu'ils ne disparaissaient jamais, sans cesse repoussés d'un lieu à un autre, et accomplissant éternellement une révolution autour de la planète.

La terre était gelée depuis de longs jours. Les pierres y étaient incrustées comme des diamants dans une couronne royale. Une faible végétation, tassée sur eux par la glace, les recouvrait en partie. Toute l'étendue, à perte de vue, était ainsi immaculée, ne laissant filtrer aucune trace de vie, pas même minérale. Non, les âmes n'étaient pas ici.

Le jeune tongre cherchait de la nourriture.

Ses deux estomacs hurlaient leur famine. A ses naseaux, le givre avait collé son masque de gel. L'air ne passait guère de l'extérieur vers ses poumons atrophiés, ni ne ressortait. D'ailleurs, il n'y avait presque plus d'air.

Le tongre ouvrait ses narines du bas comme pour happer le mélange gazeux dont il avait besoin. Son autre narine, ordinairement close, battait juste en dessous de son œil unique, fermant en triangle son mufle d'adolescent.

Sa cage thoracique se soulevait sous l'effort : c'est vrai que par ce froid l'air se faisait rare, c'est vrai que le gel découpait dans ses naseaux des crevasses douloureuses. C'est vrai aussi qu'il avait galopé trop vite.

Il ralentit pour reprendre un peu son souffle. Le vent Menyr courait sur son court pelage, où perlait la sueur en larmes de glace. Il frissonna. La morsure du gel était si forte. Le vent Menyr faisait entendre une sourde plainte qui, dans le crâne de l'adolescent, résonnait comme la sienne.

Rien à manger par là non plus.

Les arbustes étaient nus. Les arbres aussi. La maigre végétation encore vive était recouverte de neige givrée.

Il avait soif. Sa langue fendue sortit péniblement de son museau tanné et lustra son torse. Le sel de sa peau, la glace qui fondit aussitôt dans sa gueule lui firent oublier légèrement le dessèchement de sa gorge, chronique en cette saison.

Soudain, son œil fut attiré par un imperceptible mouvement. Au ras du sol, la terre remuait. A peine. Comme taraudée par quelque animalcule. Un ver de gel ! Une sorte de petite créature mince et souple, grosse comme l'oreille d'un asir, aux pattes si fortes qu'elles pouvaient creuser la terre la plus rigide, la plus glacée.

Dans la situation famélique où se trouvait le tongre, même un ver de gel était une proie de rêve. S'il ne la manquait pas, il mangerait aujourd'hui. Il serait même nourri pour quelques jours.

Le ver de gel se déplaçait en direction d'un arbre ras, à trois longueurs du jeune tongre. Il s'y dirigeait avec l'assurance de celui qui a repéré ce dont il a besoin : les racines de percal sont pour le ver de gel une véritable friandise.

Le jeune tongre retenait presque son souffle, bien que sa proie n'eût aucune chance de l'entendre. En revanche, un sabot posé un peu trop fort sur le sol et c'était fini : les vibrations feraient plonger le ver de gel plus vite que la lumière en direction des profondeurs de la terre.

Le tongre, avec précaution, posa son sabot avant gauche, puis le centre droit. On aurait juré qu'il ne touchait pas terre de ces deux pattes-là. Les autres suivirent dans une lenteur quasiment végétale.

Le ver de gel continuait sa progression, sans se douter du danger. Il était maintenant à quelques pas de son but. L'œil du tongre ne le quittait pas un instant.

Oublié le vent Menyr, oubliés le givre et ses morsures, oubliée la faim. Le tongre était tendu vers la solution de son problème le plus urgent : *survivre !* Rien d'autre ne comptait.

D'un seul coup, le tongre bondit. Ses sabots de devant frappèrent le sol violemment, à l'endroit précis où le ver de gel remuait.

Le choc fut rude.

Puis les six sabots du tongre entrèrent en action. Chacun tapait le sol, qui vibrait sous leur poids cumulé.

Pour parvenir à ce résultat, le tongre était courbé au maximum, en arc de cercle, ses sabots se tenant dans un cercle minuscule. Pour frapper avec ceux du haut, il lui fallait se pencher car ses membres supérieurs étaient beaucoup plus courts et se rattachaient à la partie verticale de son corps.

De la même façon qu'il s'était précipité, le tongre s'arrêta de frapper. D'un seul coup. La terre ne remuait plus. Plus trace d'une vie souterraine. Il colla son mufle contre le sol piétiné, dans le mélange de terre tassée et de glace en poussière. Il était indifférent au froid contact du sol.

Le ver de gel était probablement encore là. Il n'avait pas eu le temps de s'enfuir, surpris par l'attaque. Les deux premiers coups avaient dû suffire à le paralyser de peur, les suivants à l'assommer complètement. Il ne restait plusqu'à creuser.

Bien que le ver ne fût, sans doute, qu'à peine sous la surface, le jeune tongre n'était pas équipé pour creuser : ses six membres se terminaient par des sabots ; ses dents n'étaient pas des défenses ; il ne possédait pas de cornes.

Il gratta avec ses sabots seconds, sur lesquels il s'appuyait par devant, et qui se trouvaient là où se rejoignaient les parties horizontale et verticale de son corps. La terre se dégagea un peu, mais ce qui restait était tassé. Il posa à nouveau son mufle sur l'emplacement, l'humecta de sa langue et souffla des naseaux, rendant la terre plus molle. Puis il creusa de nouveau, recommença, et finit par creuser avec ses dents de devant.

La boue emplissait ses narines, brouillait son œil, s'infiltrait dans sa gorge. Mais le ver de gel était là. Bien là. Comme s'il l'attendait. Une de ses pattes velues et renforcées était maintenant visible. Le jeune tongre y mit le temps, mais il put sortir le ver de gel de sa cachette en tirant sur la patte. Le ver était en trois morceaux, mais il l'avait entièrement sorti.

Il mit beaucoup moins de temps pour l'avaler. Les os du ver de gel craquaient sous sa mâchoire, mais la faim l'empêcha de les recracher, comme il eût fait en temps normal. Il mit tout en miettes et, quand il eut terminé son repas, il ne restait aucune trace de l'animalcule.

Le tongre était en sueur, son corps avait doublé de température, et déjà la glace perlant à ses poils fondait et dégoulinait le long de ses flancs.

Alors, il reprit sa route, en quête d'un abri pour dormir.

Dans le ciel, les nuages obscurcissaient déjà l'horizon au sommet des montagnes. Un seul des trois astres de jour était visible : Rymn. Les deux autres, Obel et Zubar, étaient cachés. C'était déjà comme la nuit.

Et le tongre poursuivit sa route.

Son galop martelait la glace, laissant de faibles empreintes. Manger lui avait redonné courage et l'esprit du ver de gel était en lui désormais, l'aidant à se frayer un chemin dans l'immensité glacée.

A ses ouïes, qui faisaient deux stigmates sombres en haut de son crâne au poil ras, le Menyr sifflait comme un chant d'allégresse.

Le jeune tongre entrevit bientôt une masse sombre. La tempête avait brisé trois arbres isolés sur la steppe. Abattus les uns sur les autres, ils formaient un abri touffu. Le tongre s'y glissa. Il se faufila entre les branches tordues dont les piquants le griffèrent. En ruant et en se tournant, il se ménagea un espace à sa taille.

Avec ses dents, il arracha des branchages, qu'il laissait tomber au fur et à mesure sur le sol ; la glace piétinée laissait place à la terre durcie, formant une litière sommaire, mais suffisante, sur laquelle il s'étendit, épuisé.

Il était isolé du vent, isolé de la glace, il avait mangé pour la première fois depuis trois jours. Tout allait bien.

La nuit était tombée. Les astres de jour avaient disparu de l'autre côté des montagnes ; Bényr, l'astre de nuit, montait au firmament, entre les nuages.

La luminosité était très faible : Bényr était le plus éloigné des satellites de Soline, et n'était pas très brillant. De jour — quand la couche de nuages n'était pas trop épaisse comme elle l'était actuellement — la lumière des trois autres satellites était très violente. Bien des être vivants sur Soline étaient aveugles, ou restaient sous terre.

Les tongres ne connaissaient pas ces problèmes : leur œil unique, fiché en plein milieu de leur front, formait comme une protubérance hors de la tête, tant il était globuleux et saillant de l'orbite. Ses deux paupières étaient disproportionnées. La paupière inférieure était atrophiée ; elle ne servait qu'à soutenir la paupière supérieure, lorsque celle-ci était baissée. Cette dernière était énorme, recouvrait l'œil entier pendant le sommeil et formait comme un gros pli lorsque l'œil s'ouvrait.

Pour l'heure, le jeune tongre avait clos le sien. Il dormait.

Demain serait un autre jour.

2
Compagnons de dérive

Il s'agissait bien de tongres.

Quant il s'était réveillé, il lui semblait avoir dormi des semaines. C'était peut-être vrai : la glace avait déjà fondu en grande partie.

Un bruit de branches cassées avait attiré son attention. Un peu plus loin, quelques êtres assez massifs arrachaient des écorces aux arbres pour les avaler aussitôt ; ils cherchaient les rares bourgeons un peu en avance sur la saison, en guise de friandises.

Ils n'avaient pas vu l'adolescent. Ce dernier les regarda quelque temps, cherchant dans sa mémoire naissante un élément de souvenir les concernant.

Il y avait là un neutre et deux femelles. Lui les contemplait. Le jeune mâle qu'il était se sentait étrangement ému à la vision des trois jeunes tongres. Depuis qu'il avait quitté la tribu où il était né pour vivre sa vie autonome, c'était la première fois qu'il avait envie de retrouver des compagnons.

Les tongres se faisaient un honneur de vivre seuls, sans maîtres, sans chefs, sans organisation. Ils ne se réunissaient qu'en vue d'un projet précis ou à la saison des amours — qui maintenant était proche. Après quoi, il s'appariaient.

Ceux-là paraissaient n'avoir que la promenade, la chasse, le jeu comme motifs d'être ensemble. Il était fasciné par l'entente qui semblait régner entre eux. Il les enviait.

La solitude commençait à lui peser. Alors, il sortit de sa cachette et marcha vers les autres.

A la vue du jeune mâle qui s'approchait d'eux, les tongres s'immobilisèrent. Une rencontre en cet endroit était inhabituelle, mais rassurante. Il n'y avait pas de mâle dans leur groupe. Celui-ci serait le bienvenu.

Les naseaux se tendirent. Ils se humèrent. Une des femelles s'approcha et souleva sa patte avant gauche. L'adolescent avança son mufle et renifla l'aisselle de la tongre, qui devait avoir le même âge que lui. Il frotta ses trois narines contre la sueur musquée de l'adolescente. Puis, il fit de même sur son poitrail avec la moiteur intime qu'il avait ainsi recueillie. Il recommença avec

l'autre femelle, puis avec le neutre, dont l'odeur était faible. En retour, chacun accomplit le même rite à son égard.

Ce rituel d'amitié était simple : chaque tongre allait quelque temps se déplacer avec l'odeur personnelle de ses amis. Même s'ils se séparaient, leur essence resterait avec lui.

Ils n'avaient pas encore communiqué. Seules des ondes vagues de curiosité, d'intérêt affectif, passaient de l'un à l'autre. L'adolescent émit vers eux une interrogation. Une onde sonore sortit, gutturale, de sa gorge. Elle évoquait la direction. D'où venaient-ils, où allaient-ils ?

Le neutre frappa deux fois de son sabot arrière droit. Ils venaient tous de l'endroit où la Rivière Nue se sépare en deux. Une importante colonie de tongres (phénomène rare) vivait là. Ensuite, il fit une croix de ses deux membres supérieurs. Ils allaient donc vers le Lac du Croisement-des-Sabots. A peu près dans la même direction que lui.

Il leur transmit l'idée de voyager côte à côte. Pour cela il fit encore appel au son de sa gorge, à quelques mouvements de tête, à des gestes rapides, mais aussi à des ondes non sonores, transmises directement de son esprit au leur. Durant la conversation, les visages allaient de l'un à l'autre, et les regards en disaient autant que le reste.

Une des femelles exprima la sensation de froid croissant. Son échine frissonnait. Alors, sans rien ajouter de plus, ils se mirent en route.

Vers Trois-Rivières, ils passèrent la première nuit, serrés les uns contre les autres. Mais, le lendemain, les nuages s'étaient dissipés. Les trois astres de jour faisaient régner une aveuglante lumière. La chasse devenait plus facile, car un être sorti de son trou et surpris par cet éblouissement était plus aisé à attraper.

Chasser à quatre était plus simple que chasser seul et, au bout de quelques jours, la faim ne fut plus qu'un lointain souvenir. L'arrivée des beaux jours faisait sortir à l'air libre de nombreux êtres vivants, dont beaucoup étaient pour les tongres une nourriture potentielle.

Un jour où le jeune tongre mâle s'était éloigné de ses compagnons de voyage pour poursuivre un goan de petite taille, il ressentit violemment en lui des ondes de détresse. La peur. La douleur. Le besoin de secours. Il ouvrit grand ses oreilles rases. Aussitôt lui parvint une plainte ; un appel pressant. Il galopa dans la direction d'où semblaient provenir ces ondes. Une des femelles était là, en contrebas d'une petite crevasse qui s'était ouverte sous ses pieds. Elle gisait au milieu de branches brisées par sa chute et du sang maculait son pelage.

Une de ses pattes était manifestement cassée. Quand la jeune tongre aperçut son ami, elle poussa un gémissement et émit des ondes de douleur, de tristesse. Il hésita : descendre ? Il ne pourrait la remonter. Aller chercher les autres ? Il répugnait à l'abandonner, même provisoirement, tant elle semblait accablée.

Il émit des ondes rassurantes : intention de soins, aide, fraternité, danger éloigné, secours rapide, mutuel effort pour la sortir de là. Puis il partit au galop en direction de ses compagnons. Il ne lui fallut pas longtemps pour les trouver et leur transmettre l'essentiel du message. Tous trois furent rapidement auprès de leur compagne.

Tout d'abord, il fallait la tirer hors de ce lieu néfaste. Ils rassemblèrent donc de grandes branches et, en les entrecroisant du mieux qu'ils purent, ils improvisèrent une litière qu'ils firent glisser au fond de la crevasse. Puis, avec précaution, ils traînèrent la tongre blessée sur cette litière. Ensuite, se plaçant l'un devant et les deux autres sur les côtés arrière du traîneau de branchages, ils remontèrent lentement de la crevasse par sa pente la moins escarpée. Ils mirent pour ce faire presque la journée entière. Mais au soir ils avaient réussi. La tongre, quant à elle, était sans connaissance, tant elle avait souffert, durant la remontée, des cahots, des glissements, des heurts.

Ils lui confectionnèrent un abri sommaire et la veillèrent, après avoir léché ses blessures qu'ils recouvrirent ensuite de boue. Ses côtes fêlées et cassées se remettraient seules, avec du repos.

Pour la jambe brisée, en revanche, c'était beaucoup plus grave. Ils avaient réussi à la remettre en place, par tapotements et élongation. Mais il fallait maintenant qu'elle se ressoude. Et

cela ne se produisait que rarement. La plupart du temps, les membres brisés ne se ressoudaient pas et le tongre finissait par mourir, souvent d'infection. Ou bien, les membres se remettaient mal, et le tongre boitait. Incapable de supporter une vie sans galop, il se laissait mourir. Mais il y avait eu des exemples de rémission. Tout dépendait de la fracture elle-même. Il fallait attendre.

Les trois tongres envoyaient chaque jour à leur amie des ondes d'espoir. Impossible de l'abandonner. Ils s'étaient donc confectionné un abri plus grand, pour tous les quatre. Ils ne la laissaient jamais seule, se relayant pour chasser ou se déplacer.

Un mois entier passa.

La blessure s'était refermée, la jambe semblait nette, normale. Mais il ne fallait pas bouger et cela posait des problèmes tous les jours. Les amis faisaient cependant preuve d'une grande patience et la jeune tongre reprenait espoir.

Enfin, il fut temps pour elle de se mettre debout. Elle le fit en se soulevant d'abord sur ses pattes de devant, en prenant appui sur celles de

derrière. Puis, elle posa sa jambe centre gauche. La cassée, la centre droit, restait repliée.

D'un coup de reins, elle fut debout, sur trois pattes, les deux de devant ne touchant plus le sol. La patte cassée se déplia lentement et toucha le sol, pour la première fois depuis plus d'un mois.

La jeune tongre s'appuya dessus. Cela semblait tenir. Elle fit quelques pas, utilisant précautionneusement sa patte folle. Cela tenait ! Elle émettait en tous sens des ondes de joie ineffable, et des gouttes humides embuaient son œil. Ses compagnons lui firent fête avant de la contraindre à se rallonger.

La rééducation dura moins d'une semaine. La jeune tongre se mit bientôt à galoper à nouveau, en prenant bien soin de ne jamais trop fatiguer ce membre désormais délicat.

Le quatuor était sauvé. L'adolescent était aux anges. Durant la maladie de sa compagne, il avait eu du mal à se séparer d'elle, il l'avait bichonnée, il ne pouvait plus imaginer sa vie sans la présence douce de l'adolescente à ses côtés.

Les beaux jours étaient à leur plein depuis quelques semaines. Le jeune tongre se sentait tout bizarre près de cette compagne.

Ils reprirent leur voyage, leur grande dérive sans but apparent.

Quelques jours plus tard, ils arrivèrent au Lac du Croisement-des-Sabots. Longtemps, ils jouirent de l'éblouissant paysage des cascades et de l'eau infinie. Là, plus besoin d'ondes pour communiquer. Ils vibraient ensemble.

Il y avait plusieurs tribus qui y vivaient en permanence. La saison des Jeux et des Amours approchait. Il leur fallait se fixer jusqu'à la fin de l'été. Le neutre seul était adulte. Il possédait donc un nom, qui aurait pu s'exprimer à l'aide de quelques raclements de gorge subtils et imperceptibles à une oreille étrangère. Quelque chose qui sonnait comme : Ouyr-hymr-iyr-frul. Les autres n'en avait pas encore.

Les Jeux étaient faits aussi pour qu'ils en reçoivent un, et les échanges amoureux également. Il était temps pour eux de devenir adultes. Alors il s'approchèrent du campement et s'y installèrent.

3
Jeux d'été

Près du Lac du Croisement-des-Sabots, une clairière était réservée aux Jeux.

Il fallait bien un mois pour que se constituent les équipes. Pour cela, chacun tenait compte de ses affinités, de ses relations antérieures, de ses amitiés, mais aussi de ses inimitiés. Rien de tel pour se réunir et s'associer que de se retrouver rivaux d'une tierce personne.

Donc, pendant ce mois, la préoccupation principale de chaque tongre était la recherche de ses partenaires de jeu. Il y apportait un soin extrême. Il est beaucoup plus important de savoir aux côtés de qui on va se battre, que de savoir contre qui. Une mauvaise association et l'année entière était gâchée, puisque les Jeux en constituaient le sommet incontesté.

Le Lac du Croisement-des-Sabots était vaste, mais toute sa partie nord était inaccessible aux tongres, de par les montagnes escarpées qui le bordaient. Seuls les barrimaures, avec leurs grandes pattes, savaient escalader ces pentes rocheuses. Le reste du lac était entouré de forêts touffues, limite naturelle au terrain où se déroulaient les Jeux. En principe, nul tongre ne devait sortir de ce périmètre vert pendant la durée de la bataille.

Chaque équipe délimitait, dans cette clairière, un espace extrêmement étroit, à l'aide de poudre de calung, un fruit que les tongres faisaient éclater d'un coup de sabot, et dont la pulpe séchée donnait une fine farine blanche. Avec cette farine, un cercle était tracé sur l'herbe du sol.

Rien de plus simple que le jeu lui-même. Mais sa préparation prenait beaucoup de temps. Chaque équipe, composée d'une quinzaine d'individus, choisissait tout d'abord un parfum que tous ses membres allaient porter sur eux. L'adolescent et ses compagnons, par exemple, avaient choisi l'onguent zelb, une glu obtenue en écrasant une racine de belgrande ; l'odeur en était agréable et sucrée, quoique agressive. Mais, surtout, l'onguent zelb rendait le pelage glissant une fois qu'on s'en était badigeonné le corps, et permettait d'échapper ainsi plus facilement à l'étreinte de leurs adversaires.

Pendant le jeu, chacun était libre d'aller où bon lui semblait dans le périmètre autorisé : aussi, souvent, un tongre ne pouvait repérer ses alliés qu'à l'odeur — le champ de vision de son œil unique étant trop faible pour embrasser tout le terrain réservé au jeu.

Le but essentiel était d'entraîner les joueurs de l'équipe adverse dans l'espace délimité par le cercle blanc. Chaque équipe avait son propre cercle situé au bord du périmètre, à l'opposé de celui de l'adversaire. Une fois poussé à l'intérieur du cercle ennemi, le tongre était prisonnier. Il lui était alors interdit d'en sortir avant la fin de la partie, même si elle durait plusieurs jours —, ce qui était rare. De plus, nul ne devait communiquer avec lui. Pour parvenir à ce résultat, tous les coups étaient permis. Mais chacun n'avait pour arme que son corps. Les tongres utilisaient beaucoup leurs épaules et leurs membres supérieurs, dont ils se servaient comme de bras dépourvus de mains. Ils se bousculaient, se coinçaient ; ils se poussaient, se renversaient.

En s'y mettant à plusieurs, ils pouvaient contraindre un tongre adverse à aller où il ne voulait pas, à lui faire poser un sabot dans leur espace, puis deux, puis ses deux membres centraux, et enfin les deux inférieurs ; il était alors pris et donc exclu du jeu. Il devenait à son tour spectateur de ce qui allait suivre.

Ils se battaient aussi avec les autres pattes : faire tomber l'adversaire était un art. Ils l'étreignaient avec la partie supérieure de leur corps et le faisaient choir avec sa partie inférieure, notamment par des crocs-en-jambe.

Les coups de sabot étaient autorisés, mais peu appréciés : ils ne s'employaient qu'en désespoir de cause et révélaient une certaine impuissance à vaincre par la simple habileté.

Mâles, femelles et neutres avaient tous le droit de participer, mais chacun pouvait en être dispensé aussi longtemps qu'il le désirait. Simplement, il n'acquerrait jamais de nom. Car c'était au cours de ces Jeux que les tongres étaient pour la première fois nommés.

Un nom, c'était un titre. L'attitude d'un tongre au cours de la lutte servait de prétexte à l'appeler de telle ou telle façon. Leurs patronymes, compliqués, longs, avaient tous une signification liée à ce combat qu'ils avaient mené dans leur prime jeunesse.

Le nom était attribué par la foule, composée à la fois de ceux qui avaient participé, les années précédentes, aux Jeux, et de ceux — moins nombreux — qui n'y avaient pas encore pris part. Ceux qui ne pourraient jamais participer, en raison de leur état de santé précaire, par exemple, recevaient tous la même appellation, nullement infamante par ailleurs, de « sabots croisés », nom qui se traduisait aisément par gestes ; et, verbalement, par « Hrorh-nruu ».

La tongre blessée, qui ne se battrait donc pas, tout effort violent de sa jambe étant impossible, était donc désormais ainsi nommée par ses compagnons. Dans ces Jeux, il y avait une dizaine de « Hrorh-nruu », que l'on ne distinguait entre eux que par le sexe et l'odeur, ce qui était suffisant.

La Hrorh-nruu se tenait à la lisière de la forêt, près de Ouyr, le neutre, mais ne quittait pas des yeux son chevalier servant, dans la clairière.

Ce dernier se savait observé, et pas seulement par son amie. Il était fier comme un borch et inquiet de l'issue du combat. En effet, une mauvaise prestation, une élimination trop rapide, et le patronyme qu'il porterait sa vie durant pouvait être ridicule ou lourd à porter. Dès qu'un tongre était vaincu, c'est-à-dire traîné à l'intérieur du cercle adverse, un nom lui était immédiatement attribué. Gare à celui qui tombait le premier !

Chaque spectateur pouvait proposer un nom, et c'était à qui en trouverait un plus adapté que celui proposé par son voisin. Dès que les hurlements d'approbation se faisaient clameur sur un nom, il était adopté définitivement.

Tout cela donnait un concert de cris gutturaux, de couinements et de raclements de gorge. Les tongres, contrairement à la plupart des autres êtres vivants de la planète, n'avaient pas de cordes vocales, seulement une gorge à l'orifice aplati, qui pouvait émettre des sifflements et laisser passer des grondements de poitrine. Une poitrine qui formait un volume impressionnant — véritable caisse de résonance entre les deux paires de pattes supérieures et centrales, sur laquelle ils pouvaient frapper de leurs sabots supérieurs pour exprimer, par d'autres sons encore, d'autres concepts.

Le combat avait commencé. Il opposait d'abord deux équipes, puis deux autres, jusqu'à ce que chacune ait combattu une fois. Dès que tous les membres d'une équipe se retrouvaient enfermés dans l'espace de l'adversaire, l'équipe était éliminée.

L'usage voulait que, dès la fin des Jeux, les équipes vaincues s'éloignent du Lac du Croisement-des-Sabots, et qu'elles ne participent pas aux joutes amoureuses qui suivaient. Les groupes se dispersaient, s'installaient ailleurs, ou se séparaient même, à leur guise. Les tongres d'une équipe perdante ne restaient pas souvent ensemble, car il n'est guère agréable de partager l'humiliation et la défaite.

Celles qui avaient gagné la première manche s'affrontaient dans un second temps, et ainsi de suite jusqu'à l'affrontement ultime des deux meilleures. Mais chaque équipe était déjà auréolée d'une victoire au moins, ce qui sauvait l'honneur. A partir de cette première victoire, ses membres étaient mieux considérés que les vaincus du premier tour. Ils participaient aux Joutes d'Amour et à la fête finale, y compris les tongres tombés au cours du combat. La victoire était toujours collective : dès qu'elle survenait, les tongres emprisonnés étaient délivrés et associés au triomphe.

On comprend alors cette recherche minutieuse des partenaires, avant le combat.

Les bagarres étaient rudes. Il y avait souvent des côtes brisées, des membres cassés, des dents en moins, des joueurs qui ne parvenaient plus à

se relever une fois jetés au sol. L'usage était alors de les traîner dans l'espace de l'équipe adverse — façon comme une autre de les éliminer. Et les soins ne pouvaient leur être donnés qu'à la fin de l'engagement.

Il était cependant rare qu'un tongre meure lors des Jeux. S'il en était ainsi, c'était une sorte de malédiction qui ternissait l'ensemble du Jeu. Les tongres savaient se battre, ils se portaient des coups, parfois violents, mais retenaient ceux qui auraient pu entraîner une issue fatale ou des lésions définitives. Les blessures les plus graves étaient le fait d'accidents, ou de chutes malencontreuses.

L'adolescent participait au second combat, qui devait durer le jour entier. Lui-même se battait de toute sa fougue. Déjà, il avait contribué à l'élimination de quatre tongres adverses. Mais, à deux reprises, il avait bien failli disparaître à son tour.

Ses naseaux frémissaient de fureur, et sa peau fumait de la sueur qui s'évaporait comme la brume d'un étang sous la chaleur. Du sel blanchissait le bord de ses narines.

Maintenant, il était face à face avec un tongre énorme qui, manifestement, menait l'équipe adverse. Il le frappait de toute la force de ses membres supérieurs, mais sans grand succès, car les tongres savent recevoir les coups sans broncher. Alors, voyant qu'il ne pourrait en venir ainsi à bout, il fit semblant de battre en retraite et, d'un souple mouvement, il le contourna et s'agenouilla derrière lui. Deux de ses coéquipiers ce jetèrent alors sur ce chef et le poussèrent sur l'adolescent. Les jambes inférieures du colosse heurtèrent le dos du jeune tongre et le grand corps bascula, gigantesque statue déboulonnée, s'abattant de l'autre côté de son adversaire.

La surprise joua. Cinq tongres bondirent sur la victime, la tirant, la poussant vers le cercle, qui n'était qu'à quelques pas. Ils le roulèrent littéralement jusque-là, le soulevant de leurs sabots, le poussant de leurs genoux comme un tronc d'arbre mort.

Avant qu'il ait eu le temps de réaliser ce qu'il lui arrivait et que ses camarades accourent à la rescousse, il était dans le cercle. Eliminé !

De rauques jappements de joie vibrèrent dans l'équipe de l'adolescent. Il chercha des yeux celle de ses compagnes qui luttait à côté. Ce fut pour la voir bousculée jusqu'au cercle adverse. Trop tard ! A son tour, elle était éliminée.

Dans la foule, on avait quand même admiré la vaillance de la jeune femelle. Des noms couraient, contradictoires : elle était vaincue, certes, mais sans avoir « baissé sabot » !

La question fut vite tranchée. Entre-temps, la victoire s'était dessinée. Désorganisée et affaiblie par la chute de leur leader, l'équipe adverse battait en retraite. Les trois tongres restant en jeu furent balayés en quelques minutes et traînés dans le cercle.

Le jeune tongre poussa, avec ses cinq compagnons non éliminés, un formidable cri de victoire qui lui brisa à moitié la gorge. Puis, ils coururent délivrer leurs compagnons, qui exultaient.

L'adolescent reçut un patronyme à sa mesure : « Gren-vyrr-malal-gren », ce qui peut signifier « Celui qui sait se plier lui-même », avec de surcroît l'idée de ruse et d'astuce. La coéquipière de Gren reçut finalement le nom de « Celle qui n'est vaincue qu'au dernier instant » — ce qui se prononçait : « Rhniy-brâlam-vuyr-tamun-iork ».

Rhniy et Gren rejoignirent leurs deux compagnons — le neutre Ouyr et la Hrorh-nruu. Cette dernière s'empressa auprès de Gren, pour le soigner et le masser avec le sommet de l'articulation de ses membres supérieurs. L'adolescent s'abandonnait au plaisir du doux contact et de la relaxation. Ouyr en faisant autant avec Rhniy.

Tous s'étaient retirés à la lisière de forêt, où se tenaient les spectateurs, pour laisser la place à un autre combat. Ils s'allongèrent et se reposèrent tout en le regardant.

Il fallut, comme chaque année, une dizaine de jours pour que les Jeux s'achèvent. L'équipe de Rhniy et Gren remporta le tour suivant bien que, dans cet affrontement, Gren fût éliminé assez tôt.

Mais ils parvinrent au dernier assaut, contre une redoutable équipe qui avait vaincu tous ses adversaires en peu de temps.

L'affrontement final fut terrible. Les combattants étaient de surcroît épuisés par ces jours de lutte. Gren n'en pouvait plus mais se battait avec une énergie considérable. Il traîna seul deux tongres, l'un après l'autre, dans le cercle de l'équipe. Sur la fin du combat, il ne restait plus que cinq adversaires en présence : Gren et l'un de ses partenaires, face à trois ennemis.

La lutte fut étonnante ; elle dura plusieurs heures. Tout d'abord, les combattants ne bougèrent pratiquement pas.

Puis, d'un coup, un de leurs adversaires céda et s'effondra. Au lieu de le traîner immédiatement vers leur cercle, Gren et son compagnon se jetèrent ensemble sur celui qui avait été le plus combatif des trois et le bousculèrent d'un seul mouvement dans le cercle.

Avant que le troisième ait eu le temps de comprendre ce qui se passait, il était éliminé à son tour. Le premier, resté à terre, se laissa tirer sans même réagir.

L'enthousiasme de la foule était à son comble. La fête qu'on leur fit les épuisa plus encore que le combat. C'était du délire. Gren était traité comme un héros de légende.

Toute l'équipe était congratulée, et leurs amis se sentaient associés à cette victoire, bien quen'ayant pas participé à la lutte. Ouyr, le neutre, avait été aussi un finaliste du jeu, l'année précédente, mais avait été vaincu avec son équipe, in extremis. D'une certaine façon, il prenait sa revanche, en fêtant cette victoire avec eux.

On buvait à longs traits de la harpiye, qui saoulait les esprits, déjà surchauffés et épuisés.

Maintenant, ce serait l'ivresse pour la nuit entière, à la lueur pâle de Bényr, l'astre nocturne.

Le matin les trouva tous assoupis, dans la tendre chaleur de leurs corps serrés les uns contre les autres.

Gren et sa Hrorh-nruu étaient heureux. Ils avaient pris la décision de ne plus se quitter et de s'apparier très vite, dès les Joutes d'Amour qui allaient suivre. Ouyr, leur ami, serait leur neutre, lui qui n'était apparié à personne depuis quelques mois. Mais Rhniy resterait aussi avec eux. Elle avait décidé de ne choisir son compagnon mâle et son neutre qu'avec leur accord, afin d'être sûrs de pouvoir rester tous ensemble. Longtemps.

Ainsi avaient-ils évoqué une vie future d'amitié, de tendresse, de partage absolu, de bonheur collectif. Ainsi avaient-ils parlé, dans l'ivresse de la fête d'après-Jeux.

Ainsi feraient-ils, ils en étaient sûrs.

4
Joutes d'amour

Quelques jours s'étaient écoulés. Près du Lac du Croisement-des-Sabots, les tongres s'agglutinaient en colonies inhabituelles. Tout d'abord, les Jeux achevés, trois jours pleins devaient être consacrés au repos et aux célébrations. On soufflait.

Les vainqueurs du combat avaient des obligations rituelles : ils devaient saluer certains tongres importants, se livrer à l'enthousiasme de la foule, manger et boire en compagnie, évoquer les péripéties de leurs combats, enfin se comporter en vainqueur pendant trois jours — afin de ne plus jamais avoir à le faire. Le respect qui leur était dû allait de soi, mais, cette période passée, il était malvenu d'y revenir.

D'ailleurs, l'attention des tongres était vite captée par une nouvelle préoccupation : la saison des amours suivait aussitôt cette période de repos. Se voir attribuer un nom était important. Trouver ses compagnons définitifs l'était encore davantage.

Les équipes ayant triomphé aux Jeux restaient souvent en tribu par la suite, au complet ou non. La fraternité du combat et de la victoire rendait les rapports privilégiés entre eux. Souvent, des pariades étaient constitutées à l'intérieur même de l'équipe. Mais ce n'était pas une règle.

Gren, par exemple, avait fait son choix à l'extérieur, avec sa Hrorh-nruu et Ouyr comme neutre.

Une pariade comportait un tongre mâle, un tongre femelle et un tongre neutre. L'accouplement se faisait bien sûr entre le mâle et la femelle, mais le neutre (qui n'était pas sexué) participait à sa façon aux ébats ; il enveloppait les autres de sa tendresse, s'occupait, pendant l'étreinte, des instants intermédiaires : il apportait la nourriture, entretenait la chaleur, rendait tout plus facile.

Lorsque survenait une naissance, c'est le neutre qui se chargeait de tout, comme il avait surveillé la grossesse de la future mère. Le mâle donnait la vie, le neutre l'entretenait. La femelle, elle, faisait le reste, c'est-à-dire l'essentiel. La pariade était ainsi un équilibre savant entre plusieurs compétences, différents savoirs, diverses aptitudes à chaque tâche utile. Pour atteindre le but commun : la naissance d'un bébé tongre.

C'est le neutre qui jouerait, ensuite, le rôle du père du petit tongre, à la place du véritable père qui, lui, était trop occupé à chasser pour nourrir la pariade. Il se chargeait également d'une partie des tâches de la vie quotidienne, la femelle ne pouvant les assumer à elle seule.

Un parfait équilibre en somme.

Gren et ses deux compagnons restèrent avec leur amie Rhniy, qui se choisit, elle, un compagnon mâle en la personne de Bator, celui qui avait mené le combat dans leur équipe ; elle prit aussi son neutre, Barynn, dans cette même équipe.

Tous les six décidèrent de quitter la région du Lac du Croisement-des-Sabots, dès que les Joutes d'Amour seraient terminées. Les rives du lac n'étaient pas un lieu où il était facile de vivre. Il y avait bien quelques tribus qui s'y étaient établies, mais les plus jeunes avaient le désir de voir d'autres lieux, d'autres terres ; de bouger.

Ces Joutes d'Amour duraient trois jours également, qui correspondaient à la période de l'année où les femelles étaient les plus fécondes.

En participant à ce rituel, les tongres se donnaient la plus grande chance d'avoir, l'année suivante, un nombre important de naissances. Les terres étaient vastes et les dangers multiples. Le gel, la famine, les prédateurs, les maladies dues à des carences alimentaires décimaient l'espèce. Il fallait donc que les enfants soient nombreux à naître chaque année.

Grâce aux Joutes, la certitude était quasi absolue d'éviter une baisse de la natalité.

Ces joutes étaient belles. Gren, ses compagnes et ses compagnons y participèrent de près. S'aimer n'était pas uniquement un besoin pour la race entière, ni un simple plaisir à partager : c'était aussi une œuvre d'art collective.

L'élan qui poussait les tongres les uns vers les autres, la tendresse qui émanait des couches d'herbe où se déroulaient les joutes, les cris de plaisir et les rires s'entremêlant dans le matin clair ou la profonde noirceur des nuits, tout cela composait un étonnant spectacle.

Les Jeux d'Amour étaient multiples et, sous prétexte de faire concourir les tongres les uns contre les autres dans de nouveaux exploits, ces rituels visaient à rendre cette saison des amours comme un enchantement mille fois renouvelé entre les participants.

Aux plaintes des amants se mêlaient les rauques accents des vents, le vent Menyr qui venait du nord, le vents Sobr de l'ouest et le Mauauu du sud. Selon les heures du jour, tel ou tel prenait l'avantage sur les autres, mais il n'y avait, en cette saison, jamais d'instant sans que se manifestât le souffle de l'un ou de l'autre.

Les pelages des tongres frissonnaient sous ces autres caresses. Les esprits n'en étaient que plus troublés, comme si cela avait été possible.

Gren et sa Hrorh-nruu ne se quittaient plus du regard. Ouyr, lui, semblait plus blasé. Ses compagnons des années précédentes avaient été de merveilleux partenaires, mais ils n'avaient guère pu survivre aux épidémies de march' qui avaient ravagé la tribu. Un air de nostalgie rendait encore plus sombre son œil mauve, mais il avait malgré tout du plaisir à faire partie de cette nouvelle pariade.

Qui serait passé près du Lac du Croisement-des-Sabots, de l'autre côté des bosquets, aurait entendu une véritable symphonie de plaintes, de mugissements, de froissements de muscles, de clameurs, de rires et de hennissements. Mais il n'y avait personne pour assister aux ébats d'amour des tongres.

Peu après ces trois jours de folie, il fut temps de partir.

Les six compagnons traversèrent la première forêt et se dirigèrent ensuite vers le sud-ouest. Ils se mirent en file après avoir fait leurs adieux à tous les amis qu'ils s'étaient faits.

Les mufles avaient exploré les creux de pelage où perlait la sueur, et ils quittaient le Lac du Croisement-des-Sabots, imprégnés de dizaines d'odeurs amicales. Des jours durant, elles les accompagneraient, berceraient leur sommeil d'une tranquille quiétude. Leurs amis resteraient un peu plus avec eux.

Gren était heureux. Lentement, son esprit d'adulte s'éveillait. Il prenait vraiment conscience de qui il était, des amis qu'il s'était choisis, de la compagne qu'il aimait, de son rôle dans la nature, de la race à laquelle il apparte-

nait, de l'immensité de l'espace qui les environnait et de la brièveté du temps.

Gren pensait. Et c'était nouveau pour lui. Et c'était bon pour lui. C'était bon. C'était si bon.

Ses compagnons également étaient encore sous le charme des Joutes d'Amour et ivres de la frénésie qui les avait emportés, tous, les uns à la rencontre des autres.

La troupe qui cheminait, calmement, vers le sud-ouest, respirait un bonheur rare que chacun d'eux aurait du mal à conserver longtemps. Tous le savaient et, dans le rayonnement intense qui émanait d'eux, une gravité lente s'installait imperceptiblement sur leurs visages.

Passée la première colline, elle serait comme une feuille chue sur l'étendue immaculée d'une onde calme. Ou comme une tache de sang imprimée dans la neige.

5

La grotte de la Colline-aux-Goans

Les jours succédaient aux jours.

Les grands froids étaient revenus et les tongres s'étaient fixés à proximité de la Colline-aux-Goans, après une longue marche. Là, les flancs rocheux de la colline étaient percés de nombreuses ouvertures — grottes s'enfonçant profondément dans la terre, ou simples niches à peine ébauchées.

Ils avaient élu domicile dans une cavité spacieuse. Ils y avaient traîné des branchages et des herbes sèches sur lesquelles ils pouvaient s'allonger de longues heures ; avec le froid, que faire d'autre que de récupérer des forces pour les jours meilleurs ?

Petit à petit, leur tanière s'était aménagée jusqu'à devenir un confortable nid familial. Dans quelques semaines, les femelles mettraient leurs petits au monde. Seuls les mâles s'absentaient pour chasser.

Les deux neutres entouraient les futures mères de leurs attentions. Elle ne devaient songer à rien d'autre qu'à préparer au mieux la naissance de leurs enfants. Dans le domaine domestique, Ouyr et Barynn étaient tous deux devenus des experts.

Les tongres n'hibernaient pas, comme le faisaient bon nombre d'espèces vivantes sur Soline. Mais le froid les saisissait, les plongeant dans une certaine léthargie. Il les engourdissait, les ralentissait. Ce qui rendait leur survie plus problématique encore.

Pourtant Gren et Bator étaient de bons chasseurs. Une complicité se tissait entre eux, la même que celle qui était née au moment des Jeux. Dans l'action, ils formaient un bon tandem.

Puis le froid tendit sa houppelande sur la toundra. Le givre paralysa bientôt tout ce qui manifestait un semblant de vie. Seul le galop des tongres ébranlait rarement, le sol durci. Mais le moindre mouvement, la moindre lueur, le moindre soubresaut brisaient le silence et faisaient disparaître les dernières proies possibles. Aux parois des grottes s'accrochaient des lichens, qui leur donnaient l'illusion d'apaiser leur faim.

Les semaines passèrent — et les mois.

La neige se mit à fondre. Chaque jour, de nouvelles touffes d'herbes, de petits carrés de terre apparaissaient. L'atmosphère se réchauffait lentement.

Un soir, alors que Gren et Bator rentraient, fourbus, de la chasse, ils eurent la surprise de trouver un hôte supplémentaire. Rhniy avait donné naissance à un petit tongre neutre qui glapissait, dans un coin de leur niche de roc.

Toute une partie de la nuit fut consacrée à la joie. L'air tiède vibrait de leurs cris gutturaux, à demi étranglés dans leurs gorges.

Leurs gestes découpaient dans le vide des arabesques dansantes. Tout le langage tongre, à base de symboles et de métaphores simples, était savant et complexe. Pour d'autres oreilles, cela aurait sonné comme une musique rauque et répétitive.

La Hrorh-nruu de Gren et Ouyr donna le jour à son tour, quelque temps plus tard, à deux tongres jumeaux, un mâle et un neutre. La famille s'agrandissait. Ils formaient maintenant une vraie tribu.

Ils attendirent quelques semaines, que les bébés tongres puissent marcher et se servir de leurs six membres. Le temps était meilleur. Les astres de jour, par exemple, laissaient éclater leur chaude lueur, qui n'était plus filtrée par la couche sombre des nuages. Il faisait bon.

L'herbe repoussait, les arbres voyaient s'ouvrir de nouveaux bourgeons ; la vie reprenait son rythme naturel. Faune et flore semblaient se réveiller. Comme d'un long cauchemar.

Gren était toujours émerveillé de partager la vie de sa Hrorh-nruu, également celle de ses compagnons. Jamais auparavant il n'aurait pu croire — durant la folle insouciance de son adolescence — qu'un tel bonheur existât.

Puis la rencontre avec ses semblables, les autres tongres libres, lui avait ouvert les yeux : partager son sens de l'individu, de l'indépendance, avec d'autres était bon. Si l'on sait ne pas l'amputer, ne pas se sacrifier, on peut quand même donner beaucoup aux autres, en recevoir beaucoup aussi. Multiplier ce plaisir de vivre. De vivre ensemble. Sans renoncer aucunement à être soi.

Bator et lui échangeaient souvent de telles impressions. Bator, son frère, avait eu une adolescence semblable à la sienne. Cela les rendait encore plus proches.

Barynn, le neutre de Bator et Rhniy, avait au contraire vécu tout le temps dans sa tribu de naissance, avec laquelle il était venu aux Jeux. La vie dans sa tribu actuelle était nouvelle pour lui, et c'était son premier acte d'émancipation. Lui, il avait besoin de participer à un groupe, de s'effacer un peu devant le collectif. C'était là sa façon de vivre.

Bator et Gren avaient du mal à imaginer cela, mais le toléraient très bien. Leurs rapports avec lui n'étaient pas du même ordre. Ils n'entreprenaient pas ensemble les mêmes choses. Mais ces rapports étaient pourtant aussi intenses.

Barynn s'exprimait peu. Mais c'était un tongre sur qui on pouvait compter en toute circonstance. Quoi qu'il arrive de grave, de dramatique même, Barynn était là. Un bloc de rocher sur lequel on pouvait s'appuyer.

Tout d'abord, ce rôle avait été joué par l'autre neutre, Ouyr. Mais Ouyr, qui était plus âgé, était fatigué, malade. Une sorte de langueur le prenait parfois et le plongeait dans la mélancolie. Ouyr avait un peu la nostalgie d'un autre bonheur, qu'il avait vécu auparavant : sa première pariade et une tongre qu'il avait beaucoup aimée, le temps trop bref où elle avait été vivante à ses côtés.

Certes, Ouyr était très heureux de vivre dans sa

tribu présente. Mais la période entre la mort de ses premiers compagnons et le moment où il avait rejoint ceux d'aujourd'hui, notamment les deux femelles, avait été fatale pour lui. La tristesse s'était glissée dans son esprit et se manifestait à la moindre occasion.

Les mois pendant lesquels ils étaient restés enfermés dans la grotte avaient rendu ce sombre sentiment plus aigu encore. Il était temps d'aller dehors et de reprendre l'action. Au grand air.

Ouyr était quand même le sage qu'ils écoutaient toujours. Le vrai père de la tribu. Il n'y avait pas de chef chez les tongres. Mais le respect était le fondement des rapports entre les êtres. Celui qui en suscitait le plus était le plus écouté — et c'était naturel. Personne n'était élu. Cela n'était jamais discuté. C'était ainsi, tout simplement. Chaque décision était prise par tous, au nom de tous. Il n'y avait jamais de désaccord sur ce qu'il y avait à faire. Les choses s'imposaient d'elles-mêmes.

Ils sortirent. Les jeunes tongres gambadaient, découvraient le plaisir de galoper sans contrainte, de sentir sous leurs sabots l'herbe et le roc, la terre et le fond des ruisseaux.

Leurs parents les regardaient avec un attendrissement croissant. Ils sortirent de cette transe et se dirigèrent vers l'est. Au-delà des forêts touffues, il y avait une grande étendue d'eau, disait-on. Il faut se déplacer pendant que les membres le permettent encore. Quand un tongre devient vieux, il choisit une région qui lui convient et il y reste. Pour le moment, il fallait profiter des plaisirs du voyage. On verrait bien après.

Ils quittèrent les parages de la Colline-aux-Goans. En passant le sommet du surplomb qui lui faisait face, Gren et sa Hrorh-nruu se retournèrent pour contempler une dernière fois le spectacle de leur grotte. Ils avaient été heureux en ce lieu, et leurs enfants y étaient nés. Ils se regardèrent, échangèrent des vibrations d'amour, et exprimèrent la quiétude souriante par quelques feulements. Puis il rejoignirent la petite troupe qui trottait au-devant de son destin.

6

Le Peuple-qui-subit-un-autre-maître-que-lui-même

Leur avance était lente.

Ils avaient marché tant que la lumière avait été suffisante ; et ce, depuis l'aube. Ils s'étaient à peine reposés et avaient repris leur chemin avant la naissance du nouveau jour, tellement la contrée était inhospitalière.

Ils somnolaient presque en marchant. Leurs têtes brinquebalaient de gauche, de droite. Elles avaient une nette tendance à s'affaisser sur leurs poitrines.

Le sol n'était que rocaille. Leurs sabots leur faisaient mal ; écaillés, fendus, échauffés, ils avaient souffert du long périple entrepris quelques semaines plus tôt.

L'atmosphère était lourde de poussière et de brume. Ils haletaient dès qu'ils prenaient un peu de vitesse, comme si l'air se fût raréfié.

A plusieurs reprises, ils avaient croisé d'autres tongres, seuls ou en tribus. Ils s'étaient arrêtés, avaient fraternisé, partagé quelques heures ou quelques jours la vie de leurs semblables. Puis ils étaient repartis dans la direction qu'ils s'étaient choisie, imprégnés encore de la sueur des autres.

Ils avaient aussi fait d'autres rencontres. Des goans, des farnynenses, des boogeys, sans compter des vols entiers de barbereaux. Pour ne parler que des espèces d'une certaine taille.

Les tongres étaient peu communicatifs, en dehors de leur propre espèce. Les autres êtres vivants se divisaient — pour eux — en proies potentielles et en voisins indifférents. Ils chassaient les premiers, seulement quand ils avaient faim ou pour nourrir leurs proches. Ils ignoraient les autres.

Chaque fois que leur route croisait celle d'une tribu qui n'était pas tongre, ils n'échangeaient avec eux que des regards. Deux espèces étaient dangereuses pour les tongres. D'abord, les amyls, qu'on ne trouvait guère que plein nord et qui pouvaient, sans problème, les coucher dans la poussière en sautant sur leur échine ; après les avoir renversés, il leur était facile de leur trancher la gorge avant de dévorer les parties tendres de leur corps. Et puis les phraules, de petite taille, qui rampaient dans les hautes herbes par temps lourd — et dont la morsure était fatale en quelques instants pour n'importe quelle espèce. Ils n'avaient aperçu que deux phraules depuis des mois, endormis dans un buisson. Le voyage se faisait sans incident, mais devenait monotone.

Une forêt ombrageait une partie de la grande plaine qui dormait entre le Havre-des-Barbereaux — ce plateau qui servait traditionnellement de halte à cette espèce migrante, au début des grands froids — et le Mont-des-Oliviers.

En longeant l'orée de cette forêt touffue, ils aperçurent des tiges métalliques dépassant du sol. Elles étaient enchevêtrées et semblaient usées par le temps. Rien ne pouvait davantage les intriguer. Ils n'avaient jamais vu quelque chose de semblable. Quelque chose qui n'avait pu pousser tout seul. C'était... comment dire ?... construit. Déjà, ce seul fait était déconcertant. Leurs esprits ne pouvaient comprendre cela.

Ils connaissaient bien des espèces saisies par le démon de la transformation de la nature : les carletoux réalisaient des barrages sur de petites rivières pour pouvoir arroser leurs champs de céréales ; les cosbutes tissaient de véritables pièges pour attraper leurs proies ; sans compter

les nids construits par de nombreuses espèces volantes. Mais là, le métal avait été travaillé. Et cela, c'était incroyable.

Leur premier réflexe avait été de se précipiter, mais un cri de Ouyr les avait stoppés net.

Ouyr, lui, savait ce dont il s'agissait. Il connaissait même cet endroit. Selon lui, il y en avait trois comme celui-là sur Soline. Ouyr les supplia de ne pas s'approcher. Il émit toutes les ondes de danger possibles, il fit les gestes de la dissuasion. Les autres, étonnés, lui obéirent.

Les jeunes gambadaient, impatients. Gren et Bator aussi étaient pressés de satisfaire leur curiosité avec leurs propres sens. Ouyr leur fit comprendre que l'approche serait désastreuse. Il leur tint un long discours — ce qui était exceptionnel chez les tongres — en utilisant tous les arguments sonores, télépathiques, visuels.

— Ceci, leur dit-il en substance, est l'indication d'un nid souterrain. Ici vit le Peuple-qui-subit-un-autre-maître-que-lui-même.

La perplexité des autres s'exprima aussitôt par

les ondes qu'ils émirent dans le plus grand désordre.

Ouyr reprit :

— Le Peuple-qui-subit-un-autre-maître-que-lui-même est un étrange peuple. On raconte que ce peuple n'est pas né ici. Qu'il n'est pas né sur Soline. Mais qu'il vient d'ailleurs... Des étoiles, disent même certains. Nul ne sait exactement. Dès leur arrivée, ils ont creusé des trous. Des trous dans le sol de la planète. Ils s'y sont enfouis.

Trois trous, selon ce que Ouyr savait. Il en avait personnellement vu deux déjà.

— L'un de ces trous est de l'autre côté d'une montagne ; après le Lac du Croisement-des-Sabots. Un autre se trouverait au sud-ouest, près du Col du Roc-Blanc. Le troisième est celui-ci. Tous ceux qui se sont trop approchés ne sont pas revenus. Ou sont revenus fous. Il faut fuir ces endroits. Il y a du danger.

— Mais quel danger ? exprimèrent Bator et Gren en même temps.

— Il y a plusieurs formes à ce danger, soupira Ouyr. Certaines de ces tiges dures peuvent foudroyer celui qui les touche. On raconte aussi que des éclairs peuvent sortir de certaines tiges. Et brûler l'imprudent à distance. Lorsque le vent Menyr souffle, les tiges chantent un chant de mort. Ces endroits sont maléfiques.

Mais Gren et Bator voulaient savoir qui étaient ces individus qu'on appelait ainsi.

Ouyr poussa un autre soupir et répéta ce qu'il savait :

— Le Peuple-qui-subit-un-autre-maître-que-lui-même est un étrange peuple. Nul ne peutaffirmer qu'il a vu des êtres appartenant à ce peuple. Nul vivant encore en tout cas. Mais on raconte pourtant que certains les ont vus, il y a de cela très, très longtemps. A une époque où il y avait peu de tongres sur la surface de Soline. Ceux qui les ont vus ont dit que ce Peuple-qui-subit-un-autre-maître-que-lui-même se tient sur deux jambes seulement.

Des ondes de rire firent vibrer l'atmosphère. Ouyr n'avait pourtant pas l'habitude de plaisanter, mais celle-là était bonne. Il eut du mal à les persuader que ce qu'il disait était vrai.

Il expliqua :

— Les êtres de ce Peuple-qui- subit-un-autre-maître-que-lui-même n'ont que quatre membres. Deux sont plus courts, comme les nôtres. Et ne touchent pas le sol, comme les nôtres. Les autres leur servent à se déplacer.

Ce ne fut qu'un cri amusé.

— Impossible ! transmirent-ils tous ensemble.

— Comment tenir sur seulement deux membres ? demanda Bator.

— Ils doivent être en déséquilibre permanent, s'inquiéta Rhniy.

Un tongre qui avait une seule jambe abîmée — si c'était une des quatre postérieures servant à la marche — pouvait encore tenir debout. Mais deux à la fois !

— Au contraire. Ce Peuple-qui-subit-un-autre-maître-que-lui-même a appris à tenir sur deux jambes seulement. Ils ne sont jamais posés sur plus de deux jambes. Pas même à quatre pattes, bien que cela leur soit possible. De plus, ils n'ont de la fourrure qu'au sommet de la tête. Et parfois sur le cou. Autrement, quelques poils dispersés seulement.

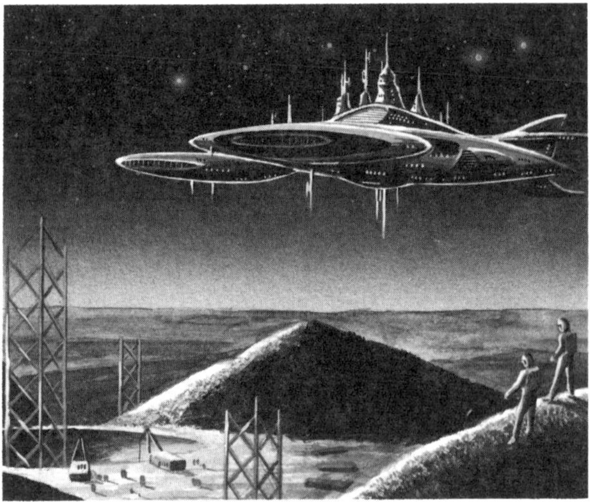

Ouyr hésita devant la surprise de ses camarades.

— Ils fabriquent beaucoup de choses dont ils se servent quotidiennement. C'est un peuple étrange qui ne supporte pas les autres espèces. Ils tuent beaucoup. Ils semblent aussi en avoir très peur.

La tribu tongre était passionnée par ce qu'elle entendait. Ouyr leur expliqua alors que c'était aussi un peuple qui n'avait pas de neutres. Cela, ils pouvaient le comprendre : d'autres espèces vivant sur Soline étaient ainsi. Mais il s'agissait d'espèces considérées comme inférieures par les tongres, des espèces peu évoluées et totalement dépourvues d'intelligence. Voilà qui les rassurait un peu : ce Peuple-qui-subit-un-autre-maître-que-lui-même n'était qu'un regroupement d'êtres sans importance et d'ailleurs certainement très faible numériquement.

Malgré tout, les avertissements de Ouyr furent écoutés et on ne s'approcha pas du repaire du Peuple-qui-subit-un-autre-maître-que-lui-même. Avec regret, Gren, Bator et les autres regardèrent une dernière fois le buisson de fer maléfique. Et ils reprirent leur route.

La discussion les avait troublés et jusqu'à ce que le sommeil ne les écrase de sa chape de plomb, ils échangèrent des impressions sur ce qu'ils avaient appris à propos de ce peuple incroyable et inquiétant.

Avant de s'endormir, Ouyr, qui était épuisé, leur apprit encore quelque chose sur les membres de ce Peuple-qui-subit-un-autre-maître-que-lui-même.

— On les appelle ainsi parce qu'ils sont soumis. Ils obéissent à ce que leur dit l'un d'entre eux. Et parfois à un autre qui lui-même obéit au premier et répète ses ordres. C'est très compliqué, mais ils sont incapables de vivre autrement.

Les femelles réchauffaient les bébés contre elles. Mais elle ne perdaient pas une miette des paroles de Ouyr.

— Ils ont aussi de l'obéissance pour des choses qu'ils ont fabriquées. Mais je ne comprends pas bien cela moi-même. De toute façon, ils semblent vivre dans la peur. C'est un peuple violent. Ils se battent souvent entre eux, mais ce n'est pas à l'occasion de Jeux, comme nous. Souvent, ils meurent lors de ces combats. Quand l'un d'entre eux ne se soumet pas à celui à qui ils obéissent, les

autres l'enferment. Et ils ne le laissent plus sortir.

Gren commençait à comprendre certaines choses. Ce peuple, était malade. Mais un détail l'intriguait :

— Mais pourquoi vivent-ils sous la terre ? Ont-ils un œil pour voir ? Craignent-ils le froid ? Le soleil ?

— Ils ont deux yeux, comme les goans ou les flagydes. Ils voient très bien. Ils n'ont la crainte ni du froid ni du soleil. On raconte que ceux du Peuple-qui-subit-un-autre-maître-que-lui-même ne peuvent respirer l'air de la surface. C'est pour cela qu'ils se sont enfermés dans ces trous du sol.

Bator fit remarquer :

— C'est aussi pour cela qu'ils sont malades. Etre enfermés les rend fous. S'ils sortaient, ils redeviendraient normaux...

— Peut-être, dit Gren, craignent-ils de mourir en faisant cela.

— Je n'aimerais pas, fit entendre la Hrorhnruu, vivre sous le sol. Comme un ver de gel le fait. Je voudrais sortir tout le temps et respirer.

— Ils respirent, expliqua Ouyr. Ils ont des niches à l'intérieur desquelles l'air est bon pour eux.

— Comment font-ils ? demanda Rhniy à son tour.

Ouyr eut un mouvement de tête.

— Je ne sais pas. Mais leur habitat est très grand. Plus grand que notre grotte d'autrefois. Ils ont creusé et fabriqué. Ils sont là depuis très longtemps. Mais ils vivent plus longtemps que les tongres. Bien plus longtemps.

— Comment connais-tu tout cela ? demanda Barynn.

— Le tongre qui me l'a expliqué allait mourir. Et celui qui le lui avait raconté allait mourir aussi lorsqu'il le lui avait raconté. Et ce tongre l'avait appris lui-même d'un autre vieux tongre. Le Peuple-qui-subit-un-autre-maître-que-lui-même est là depuis très longtemps. Les trois tribus du Peuple-qui-subit-un-autre-maître-que-lui-même sont arrivées ensemble. On dit aussi que, lors de leur arrivée, ils avaient commencé à s'installer à la surface...

— Et alors que s'est-il passé ? interrogea Bator.

— On dit qu'ils ont fait exploser un soleil. Qu'ils ont tout détruit avec cette explosion.

— Quel soleil ? demanda Rhniy.

— Un soleil tout petit qu'ils ont fait naître eux-mêmes. Alors, ils ont creusé. Ils se sont réfugiés sous la surface du sol. Le soleil qui a explosé, c'était là où est maintenant le Désert Jaune. Le Désert Jaune n'existait pas avant l'arrivée du Peuple-qui-subit-un-autre-maître-que-lui-même.

C'est à l'est ; là où les tongres ne vont jamais. Il n'y a là-bas ni nourriture ni eau à boire. Ni endroit où s'installer. Tout est nu. Aride. Personne ne veut aller là-bas. Pas dans le Désert Jaune. L'air aussi y est maléfique. C'est l'explosion de ce soleil. Il y a longtemps. Très longtemps.

La paupière des tongres qui écoutaient le vieux Ouyr s'abaissait lentement sur leur œil unique. Rhniy dormait déjà, terrassée par la fatigue. Ouyr cessa de parler. Les autres ne lui posèrent plus de questions, la longue marche les avait épuisés.

Sur le campement, l'obscurité s'abattit pour de bon. L'astre Bényr était caché. Les flancs des tongres se soulevaient à un rythme lent — qui est celui du monde.

7
La vieillesse d'un neutre

La troupe s'était enfoncée encore plus vers l'est. Les vents étaient violents dans les plaines. Les tongres cheminaient donc le plus souvent aux pieds des montagnes ou des collines, qui coupaient un peu la force des tempêtes.

Ouyr avait de plus en plus de mal à avancer. Cela avait commencé par un essoufflement, qui survenait chaque jour au bout de quelques heures. Ouyr s'épuisait, haletait et ne reprenait des forces qu'après un assez long repos. Chaque jour, cette fatigue s'abattait sur le neutre un peu plus tôt que la veille, au terme d'une distance de plus en plus courte.

Ses poumons menaçaient d'éclater. La troupe était obligée de l'attendre de plus en plus fréquemment. Par bonheur, ils dérivaient sans but précis, sans autres buts que le voyage et la curiosité. Ils n'étaient pas pressés. Mais Ouyr se sentait devenir un fardeau pour ses compagnons — et cela lui était intolérable.

Ouyr était malade, sans autre symptôme que cette quotidienne fatigue. Plus simplement, il vieillissait. Comme si son corps s'était résigné à ce vieillissement accéléré. Plus que tout, c'était la lassitude qui l'abattait.

La lassitude de vivre.

Rongé par la mélancolie, par la tristesse, il était hanté par le souvenir de sa compagne morte et n'arrivait plus à reprendre pied dans la réalité, dans le monde des vivants, dans le même univers que celui de ses camarades à ses côtés.

Gren, Rhniy, Bator, Barynn et la Hrorh-nruu avaient bien compris ce qui se passait dans l'esprit de leur ami. Ils en avaient parlé plusieurs fois entre eux, à chaque fois que l'occasion s'en était présentée. Chacun était d'accord pour ne pas l'abandonner, pour faire son possible pour l'aider, pour le faire changer d'idée.

Ouyr arrivait à retrouver le moral dans l'action, quand il se passait quelque chose. Mais cette longue pérégrination — où l'esprit peut vagabonder lui aussi tandis que les pieds avancent — ne lui était pas très salutaire.

S'ils s'étaient fixés quelque part, il aurait eu, pendant leur installation, l'occasion de penser à autre chose.

Cette langueur devenait inquiétante. Seul le fait de s'occuper des jeunes tongres de quelques mois maintenait tout à fait intact l'esprit de Ouyr. Il n'était pas rare de voir des tongres, êtres mélancoliques par tradition, se laisser mourir de folie, de désespoir. La tribu avait conscience qu'elle risquait de voir Ouyr sombrer dans la démence — ou bien mourir.

Pour rien au monde ils n'auraient voulu le

perdre, maintenant qu'il était devenu comme l'incarnation de leur esprit collectif.

La Hrorh-nruu prétexta une fatigue de sa jambe, pourtant bien rétablie. Ils s'arrêtèrent trois jours entiers près d'un bosquet-oasis isolé au milieu d'une plaine désertique.

Ils repartirent le quatrième jour. Mais si Ouyr avait repris des forces, il était toujours aussi abattu moralement. Cela se manifestait par un dégoût du déplacement. Marcher lui paraissait inutile — mais il refusait de se l'avouer et d'en parler à ses compagnons.

Pourtant, un jour, il fallut bien qu'ils en parlent tous ensemble.

Ouyr aborda le sujet abruptement. Il fit le geste de la déclaration solennelle. Tous frémirent et se turent. Ils savaient tous ce qu'il allait leur dire. Doucement, en posant lentement ses gestes, en laissant traîner les grondements et les raclements de sa gorge, Ouyr expliqua :

— Je suis fatigué de tenir sur mes jambes. Je suis vieux. Je suis malade. Je suis épuisé. Je suis un obstacle à votre marche. Je nuis au groupe, qui doit aller de l'avant. Je ne suis déjà plus de

cette tribu. Bien que le nombre d'années écoulées depuis ma naissance ne soit pas très élevé, mon corps est allé vite au-devant de la mort. Ma vie est achevée. Je suis fatigué de tenir sur mes jambes.

Il dut s'interrompre. Ses amis protestaient. Mais lui manquait de souffle. Il toussa même, ce qui rendit encore plus rauque son langage.

— Non, non. J'ai longtemps hésité avant de vous dire cela. Vous êtes ceux parmi lesquels j'ai choisi de vivre. Je vous aime. Mais je ne veux plus vivre. Pour vivre, il faut beaucoup d'énergie. Beaucoup de force. Je n'en ai plus. Je suis fatigué de tenir sur mes jambes. Ma seule envie présente, c'est de me coucher sur la terre. Au bord de ce qui est notre route. Et de m'endormir ainsi. Longtemps. Toujours.

Rhniy pleurait. Les larmes embuaient son œil et faisaient luire ses narines. Chacun était ému. Plus aucun n'osait lui répondre. Tous savaient à quel point ce qu'il ressentait était profond. Ouyr reprit :

— Je suis fatigué de tenir sur mes jambes. Je suis déjà happé par la terre. La terre bouge sous mes pas. Je veux retourner dans ses entrailles.

Gren alors lui répliqua :

— Tu es fatigué et malade, Ouyr, mon ami. Mais tu es toujours vivant. Tu dois te battre. Dans quelques jours tu iras mieux. Tu tiendras mieux sur tes jambes. Tu marcheras comme nous. Au même pas. Tu viendras avec nous. Où nous irons. Et tu seras joyeux. Avec nous. Ton esprit maintenant s'égare. Ton esprit est épuisé lui aussi. Lui aussi, il va guérir. Dans quelques jours, tu riras de tout cela. Tu riras avec nous. C'est maintenant qu'il faut se battre. Il faut tenir. Il faut passer le mauvais passage de ta vie. Il ne durera pas.

Ouyr le regarda. Lui aussi était ému.

— Tout ce que tu as dit, Gren, je me le suis dit. Longtemps. Trop longtemps. Maintenant, je sais que ce n'est pas seulement cela. Mon état est définitif. Et puis il y a un signe...

Les têtes se relevèrent.

— Quel signe ?

— Dans quelques heures de marche, expliqua Ouyr, nous passerons non loin du Lac Acide.

Un frisson courut le long de leurs échines.

Tous se turent, à la fois résignés, horrifiés et respectueux. Le Lac Acide était, aux yeux des tongres, l'endroit le plus sacré de la planète. Ses eaux, comme son nom l'indiquait suffisamment, étaient gorgées d'un acide puissant, qui s'échappait des profondeurs et remontait à sa surface par des courants internes.

Seuls quelques reptiles à la carapace très dure et d'étranges coquillages dont les organes étaient protégés par des sas cartilagineux y survivaient. Tout être qui tombait par inadvertance dans ce lac était aussitôt rongé et dissous.

Pour les tongres, c'était le lac du suicide. Tout

tongre malheureux qui voulait en finir avec la vie venait là.

Mais cette forme-là de mort volontaire était aussi une forme de mort majestueuse. Elle supposait une certaine pureté spirituelle.

C'était là le suicide des sages, des patriarches parvenus à un certain degré d'ascèse par leur méditation, leur réflexion, leurs actes.

Ouyr était presque trop jeune, mais aucun de ses compagnons ne doutait qu'il fût digne de cette mort glorieuse.

C'était comme consentir à un hommage suprême de son vivant, mais sans trace de la moindre prétention dans cette démarche. Ouyr, par cette décision, brisait net toute protestation de ses amis. Critiquer sa décision ç'aurait été lui dire qu'il n'était pas digne de cet honneur.

Ils étaient désormais obligés de se taire.

Alors, ils baissèrent la tête pour ne plus regarder leur ami en face.

8
Le Lac Acide

Aux abords du Lac Acide, la terre était brûlée, jaune, craquelée par les émanations mortelles. Aucune végétation. Sinon, épars, des cactus fubles, à la peau osseuse et rabougrie.

Déjà l'air était chargé d'âcres puanteurs. Tout être vivant qui approchait des rives devait respirer court. Comme pour absorber le moins possible de ces vapeurs maléfiques.

La petite troupe n'avait jamais marché si lentement. Comme s'il fallait, à tout prix, retarder le plus possible la réalisation de ce que Ouyr avait décidé. Repousser ce spectre.

Tous étaient muets. Ils n'avaient pratiquement échangé ni cri ni geste depuis leur grande discussion quelques jours plus tôt.

Ouyr avançait mécaniquement. Ses quatre jambes porteuses semblaient être devenues indépendantes du reste de son corps, comme si elles obéissaient à des ordres venus d'un autre cerveau.

Mais, une fois sa décision prise, puis annoncée, la sérénité lui était venue. Il était calme. Il marchait vers son apothéose, accélérant même son allure autant que ses forces le lui permettaient. Il avait résolu ses problèmes, ses angoisses étaient apaisées, la plénitude était au bout du chemin.

Le Lac Acide n'était pas très étendu. On aurait pu en voir la surface entière d'un seul regard, s'il n'avait été bordé partiellement par un chaînon rocheux qui suivait les formes compliquées du rivage.

On ressentait à son abord une fascination qui tenait à la solitude, au désert, à la désolation ambiante.

Le Lac Acide était comme un mirage.

Il ne ressemblait pas aux autres étendues d'eau de la planète Soline. En rien. Mais ce n'était pas descriptible. Tout était dans une impression indéfinissable, occulte. Comme une menace lourde, hypnotique. A laquelle on ne pouvait rien, la volonté paralysée comme par quelque mystérieuse puissance.

La tribu était arrivée en suivant une piste tracée au fil des années par les pas des tongres, qui y venaient en pèlerinage. Certaines tribus y pratiquaient des cérémonies complexes, au cours desquelles était rendu hommage aux suicidés du lac.

Le chemin montait un peu avant de redescendre. Il y avait donc un point d'où l'on pouvait surplomber le lac, suffisamment pour recevoir d'un seul coup ce choc visuel étrange, en plein visage, comme une gifle.

La troupe avait fait halte, à cet endroit précis où s'étaient arrêtés tous ceux qui les avaient précédés là.

Pas de vent. Les astres de jour eux-mêmes avait pâli, légèrement voilés par un nuage de poussière assez lointain. Aucun bruit ne troublait le silence angoissant. Les tongres n'y avaient pas prêté attention jusque-là, trompés par leurs sabots qui résonnaient sur le roc. Mais, une fois arrêtés, ils ne percevaient plus que leurs propres souffles.

Et ce silence était comme la promesse d'une éternelle angoisse, d'un maléfice absolu et inévitable.

Au pied du grand roc qu'ils venaient de descendre, il y avait comme un bassin de sable, comme une langue jaune sortie d'une bouche un peu plus ocre. Ils foulèrent ce sable frais. Leurs sabots labouraient les minuscules dunes creusées par le reflux du liquide lors de la dernière intempérie. Le Lac Acide faisait des crues parfois importantes, notamment du côté plaine, et corrodait ainsi roches et accidents de terrain sur un long périmètre.

Pour le moment, il était à son niveau le plus bas.

La nuit allait tomber et la troupe chercha un abri, entre deux avancées de roc suffisamment éloignées du lac pour que ce soit sans danger.

Ils étaient fatigués et Ouyr s'endormit aussitôt, coupant court à tout débat. Bientôt ses compagnons en firent autant et Bényr inonda leur camp de son manteau blême.

Au matin, Rymn, Obel et Zubar, les trois astres de jour, étaient brillants lorsque les tongres ouvrirent, l'un après l'autre, leur œil unique.

Ouyr ne leur dit rien.

Il se dressa sur ses quatre jambes. Puis, il se dirigea vers le rivage, où il s'assit sur son arrière-train, les quatre jambes antérieures posées sur le sol, droites, et le visage tourné vers le centre du lac.

Il méditait. Il chassait de son esprit ce qui pouvait rester de pensées laides, inutiles, frivoles. Mais c'était une habitude chez lui. Ouyr pensait beaucoup et contrôlait bien ses pensées. Il faisait le vide en lui, pour se concentrer uniquement sur l'essentiel. Sa mort volontaire.

Sa vie, il y avait réfléchi depuis des mois. Il la voyait sereinement. Il en était satisfait, en dépit de sa brièveté. Mais elle était achevée, la boucle était bouclée et il ne reviendrait pas sur la sage décision qu'il avait prise.

Derrière lui, ses compagnons ne faisaient rien. Ils attendaient.

Résignés.

Abattus.

Immobiles.

Ouyr regardait au loin, vers nulle part. Les autres laissaient le temps suspendu au-dessus de leur tête.

Alors, Ouyr, après un grand soupir, se redressa.

Lentement, comme engourdi encore par son rêve, il se retourna vers ceux qu'il aimait. C'est maintenant qu'il se rendait compte à quel point il était attaché à eux. Son œil était humide.

Il se dirigea vers ses compagnons.

Arrivé devant ses pairs, Gren et la Hrorh-nruu, il les regarda une dernière fois, comme s'il voulait s'imprégner de leur visage et de leur image.

Il s'approcha très près de Gren et son mufle parcourut les creux de la peau de l'adolescent devenu adulte. Il recueillit ainsi la sueur du mâle et en imprégna sa fourrure. Il vint ensuite vers la Hrorh-nruu et procéda de la même façon. Il perdait en eux son époux et son épouse. Une pariade se défaisait — qui avait été sans nuage.

Puis il salua de même les trois autres adultes, tandis que les larmes coulaient sur tous les mufles.

Les trois jeunes gambadaient, insouciants, à quelques pas de là. Ouyr s'approcha d'eux, les sentit, s'imprégna d'eux et tenta de cacher son émotion en se retournant vers les adultes. Les enfants sentirent qu'il se passait quelque chose et devinrent graves.

Puis, sans un mot, Ouyr se dirigea vers le liquide paisible et trompeur, qui luisait au zénith de Rymn.

Ses compagnons ne bougèrent plus. Ils étaient comme saisis par une paralysie collective. Ouyr était maintenant à quelques pas seulement du liquide.

Puis, la vaguelette fut sous lui.

Ses sabots parurent glisser sur la surface liquide. L'acide était incolore, rien ne permettait de le distinguer de l'eau.

Ouyr entra dans le flot. Il eut d'abord de l'acide jusqu'aux genoux, puis à la hauteur du ventre et du poitrail. Pour la première fois, il parut frissonner.

La douleur avait dû commencer à le saisir, car l'acide rongeait vite. Il devait mordre les chairs

de ses jarrets, mais Ouyr ne bronchait pas, comme aspiré par sa volonté inexorable.

Il avançait vers le centre du lac, là où celui-ci se faisait plus profond. Sur la berge, ses amis étaient comme transformés en statues.

Le liquide atteignait maintenant l'épaule de Ouyr, qui serrait ses mâchoires pour ne pas hurler, tant la morsure de l'acide était forte. Ses jambes le portaient mal car, ayant touché les premières le produit mortel, elles étaient plus atteintes que le reste de son corps. Le flot commençait à porter le corps du tongre.

L'acide atteignit le sommet de son corps et ses amis ne virent plus dépasser que sa tête. Le liquide entra dans sa gorge, ses oreilles et ses narines. Ouyr fut dévoré de l'intérieur. Il coula.

Il coula sans un cri, sans un sursaut, doucement, comme il avait vécu. Et les eaux, qui fumaient légèrement en le dissolvant, bouillonnèrent en créant des remous à l'endroit où son corps, quelques secondes plus tôt, était encore visible.

La dernière sensation que Ouyr emporta dans les ténèbres, ce fut l'odeur tenace de chacun des membres de sa tribu. Ce qui disparut en dernier de l'enveloppe charnelle de Ouyr, ce furent ses naseaux, ceux-là même qui avaient touché une ultime fois la peau de ses compagnons.

Puis, sur la surface du Lac Acide, il n'y eut plus rien.

Pas même le frisson de l'onde vorace. Pas même un friselis de souffle sur l'écume. Pas même un souvenir concret de l'être vivant qui venait d'être englouti par le liquide, dévoré par le lac.

La mort première de Ouyr-hymr-iyr-frul était accomplie.

S'ouvrait le temps de sa seconde vie.

9

Résurrection

Sur le rivage, immobiles, les amis de Ouyr avaient assisté à la scène atroce qui venait de se dérouler. Quand le dernier frisson de l'onde dissolvante fut apaisé, Gren, le compagnon mâle de Ouyr, fit un pas vers le lac.

De sa gorge sortirent quelques sons qu'il accompagna de brefs gestes lents :

— Ouyr a choisi de mettre fin à sa chair. Il savait que sa chair n'est qu'une chair éphémère. Destinée à disparaître. Cette chair l'a aidé à être lui-même, dans sa vie-première. Parmi nous. Il avait des muscles. Ses muscles l'ont trahi. Il avait de la peau. Sa peau s'est usée. Il avait un cerveau. Son cerveau s'est épuisé. Il avait des jambes. Ses jambes ne le portaient plus. Sa chair avait accompli ce qu'elle pouvait accomplir. Il était temps pour lui d'abandonner cette encombrante compagne.

Gren reprit son souffle, tandis que ses amis, l'œil à nouveau noyé de larmes, étreints par l'émotion, le regardaient.

Gren reprit :

— Ouyr est parti aujourd'hui vers une autre vie. Où ses muscles fonctionnent. Où sa peau luit. Où son cerveau le guide avec sûreté. Où ses jambes galopent sur l'herbe joyeuse. Mais cette autre vie, c'est la vie-sans-chair. Ouyr est heureux. Il ne pense déjà plus à la peine qu'il fait à ses compagnons. Nous ne le reverrons plus. Mais, un jour, chacun d'entre nous ira galoper à ses côtés. Sur les mêmes sentiers.

— Bientôt, ajouta Bator, qui savait que leur existence charnelle était brève.

— Bientôt, confirma Gren.

Les tongres vivaient peu de temps, en comparaison d'autres êtres vivants de la planète. A peine plus qu'un simple ver de gel. Car les tongres étaient sensibles aux radiations incolores, celles qui effrayaient tellement les êtres du Peuple-qui-subit-un-autre-maître-que-lui-même.

Ces radiations existaient avant l'arrivée de ce peuple sot, mais elles émanaient seulement de quelques contrées malsaines où la chaleur de Rymn, le plus agressif, le plus cuisant des astres de jour, venait les libérer. Mais lorsque le Peuple-qui-subit-un-autre-maître-que-lui-même s'était livré à quelques manipulations maladroites, il en avait libéré de terribles quantités.

Pendant de nombreuses saisons, il y avait eu des contrées entières où aucune vie ne pouvait s'installer. Ailleurs, des espèces avaient complètement disparu. D'autres s'étaient adaptées. D'autres enfin, parce qu'elles vivaient sous terre, sous l'eau ou très haut dans les montagnes, avaient normalement poursuivi leur existence.

Les tongres, eux, résistaient mal à ces radiations. Leur organisme s'était renforcé pour se défendre, mais leur leur temps de vie en avait été considérablement abrégé.

A peine parvenus à l'âge adulte, un processus de vieillissement accéléré les précipitait vers leur mort inexorable. Le suicide, dans le Lac Acide par exemple, était une échappatoire à cette mort imposée par la nature. Une mort où se rencontraient honneur, prestige, panache. Si Ouyr avait préféré vivre paisiblement ses derniers jours, ceux-ci n'auraient pas été nombreux.

Alors s'était développée cette religion étrange, fondée sur la mort et la vie-seconde. La mort, c'était un passage vers une autre forme d'existence, une existence spirituelle. Sans chair. Il fallait bien se consoler de la brièveté de la vie.

Ouyr existait donc encore quelque part, pensaient ses amis. Leur tristesse ne venait que de la séparation d'avec leur guide spirituel, et non de sa mort — qu'ils croyaient simple passage vers une autre vie.

Gren et sa Hrorh-nruu étaient veufs de leur neutre.

Ils auraient pu en chercher un autre. Mais ils convinrent de n'en rien faire. Ils porteraient en eux l'absence de leur amour commun, de leur amour défunt.

La troupe n'avait plus rien à faire sur ces rives aux émanations corrosives. Ils reprirent leur chemin sans même en avoir défini le but.

D'abord, s'éloigner d'ici. Réfléchir ensuite à ce que l'on allait pouvoir faire désormais.

Si la vie leur en laissait le temps...

10
Pierre du désert

Et la Hrorh-nruu déclamait.

Elle évoquait la saga des tongres, depuis les débuts du monde. Et les autres écoutaient. Silencieux. Fascinés. Attentifs.

Le vent Menyr faisait s'incliner les arbustes sombres et Zubar, le dernier des astres de jour à disparaître à l'horizon, lançait ses ultimes feux.

Et la Hrorh-nruu chantait véritablement ses histoires, roucoulant subtilement comme un ruisseau de montagne, murmurant dans les passages les plus étranges, arrachant des frissons à son auditoire.

Elle racontait par exemple la fin édifiante de Ouyr, qui avait été son neutre, quelques années auparavant. Quand elle évoqua le Lac Acide, les plus jeunes tremblèrent. Un des enfants de la Hrorh-nruu, de Gren et de Ouyr, qui lors des derniers Jeux avait reçu le nom de Peltin, en gémissait d'admiration et de crainte. Il ne manquait pourtant pas de courage.

L'autre enfant, un neutre, semblait avoir hérité du caractère impassible et souverain de Ouyr. Il laissait moins percer ses sentiments et ses pensées. Une seule fois, les autres membres de la tribu l'avaient vu pleurer. C'était lorsque Bator était mort, empoisonné par une piqûre de figus, un arbuste qui poussait de l'autre côté des collines proches du Lac du Croisement-des-Sabots. C'était juste avant les précédents Jeux, ceux au cours desquels les enfants avaient reçu leurs noms.

Puis, la Hrorh-nruu s'interrompit en toussant. Elle aussi se faisait vieille. Elle lança un regard à Gren, qui léchait dans un coin ses genoux inférieurs raidis. Leur vie tirait à sa fin. L'un comme l'autre avaient décidé qu'il était inutile d'encombrer plus longtemps la tribu de leur présence.

Leurs enfants avaient trouvé leurs compagnons. Ils avaient un nom. Bientôt, à leur tour, ils mettraient au monde de jeunes tongres. Il fallait qu'ils vivent tous leur vie sans attendre — elle est si courte sur Soline —, sans s'encombrer de vieillards ne tenant plus guère sur leurs jambes.

Mais la Hrorh-nruu avait trop peur du Lac Acide. Elle préférait mourir doucement, les yeux ouverts sur la beauté du monde et non sur les rives maléfiques du lac. Et, d'ailleurs, elle et Gren n'auraient plus la force, aujourd'hui, de faire, en sens inverse, le long voyage.

Ils avaient pris une autre décision et en avaient informé leurs amis. Cette soirée chaleureuse était une soirée d'adieux à la tribu.

Rhniy et Barynn, les deux autres survivants de leur joyeux groupe, avaient décidé de les suivre. Pas bien loin, ainsi que l'avait souhaité Rhniy,

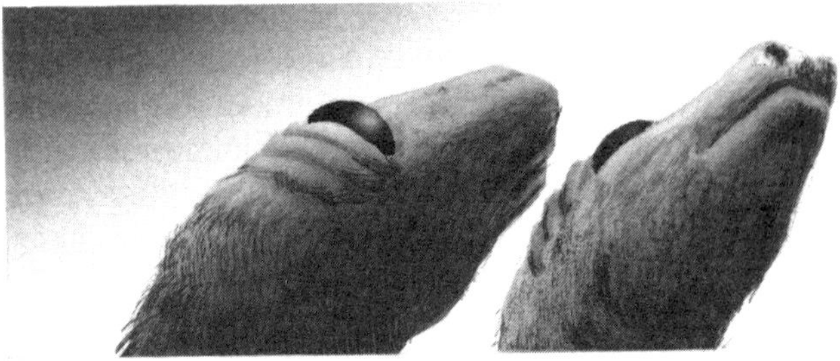

qui était la plus épuisée des quatre : elle ne tenait sur ses jambes que lorsque de temps en temps un de ses compagnons venait la soutenir.

La robuste constitution des tongres leur permettait de compenser certains effets affaiblissants des radiations. Mais, dès que le corps commençait à s'user, la vieillesse alors s'accélérait, comme si elle voulait rattraper le temps perdu. La période âgée de la vie des tongres était très brève. Rares étaient ceux qui survivaient longtemps à la dégénérescence de leurs chairs, à l'épuisement de leur cerveau.

Tous les quatre faisaient leurs adieux. Rhniy avait simplement transmis quelques sentences. Barynn, qui n'était pas bavard, avait récité une légende ayant trait au Peuple-qui-subit-un-autre-maître-que-lui-même.

La Hrorh-nruu leur avait succédé. Elle terminait son récit, qui n'était autre que l'histoire de leur tribu. Ainsi, quand la génération suivante disparaîtrait à son tour, elle transmettrait cette histoire, augmentée de la leur, et ainsi de suite.

Dans ces cérémonies d'adieux, qui tenaient une large place dans la vie des tongres, l'usage était que ne parlent que ceux qui partaient.

Gren, lui, n'avait pas encore parlé. A son tour, il fallait qu'il dise quelque chose. Il ne se leva pas, il souffrait trop des articulations.

— On dit que la vie-seconde est meilleure que la vie-première. Parce que l'on n'est plus contraint de dépendre de ses muscles. De ses os. De ses blessures et de ses faiblesses. On dit cela. Mais il est possible que cette vie-seconde soit la même que la vie-première. Ou même pire. Nous ne le savons pas. J'ai aimé mon corps. J'ai aimé avoir des jambes. J'ai aimé avoir une bouche. Et trois narines, et un œil pour voir la beauté du monde, et la sentir. J'ai aimé cela. J'ai aimé aussi avoir un esprit pour comprendre. Dans ma vie-seconde, je n'aurai que cet esprit. Peut-être cela sera-t-il suffisant. Mais cela sera-t-il meilleur ? Avec mon corps, j'ai parcouru la planète. J'ai chassé et senti les autres. J'ai lutté aux Jeux. J'ai aimé ma pariade. Conçu mes enfants. Avec mon esprit, j'ai compris le monde et appris ce que je savais aux plus jeunes que moi.

Un long silence suivit. Les poitrines se soulevaient à peine, comme si chacun retenait son souffle. Gren reprenait le sien, qui se faisait plus rauque. Ses gestes eux-mêmes se faisaient avec difficulté.

— Aujourd'hui, je suis vieux. Mon corps est au bout de sa course. Mais je crois que ma mort sera ma vraie mort. Que je ne vivrai pas une vie-seconde. Parce qu'il n'y en a pas pour moi. Peut-être existera-t-il quelque part un autre Gren. Entièrement fait de vent, d'esprit, d'essence. Mais Gren, ce n'était pas un esprit. Ni un corps. Gren, c'est un esprit incarné dans une chair. Les deux ont vieilli maintenant. Il est temps pour cette chair de rejoindre la terre. Il est temps pour cet esprit de se mêler au vent. Mais rien d'autre. Parce qu'il n'y a rien d'autre.

Le silence s'était fait mortel. Ces mots étaient tellement nouveaux, tellement inattendus que chacun en restait muet d'étonnement. Ce que disait Gren bousculait tout ce qu'ils avaient appris. Rien ? Il n'y aurait rien après la dissolution de leur chair, de ce qui faisait leur personnalité ?

Gren, depuis longtemps, avait changé. Il avait beaucoup réfléchi après la disparition de Ouyr. Il avait senti la vanité de tout cela. De ces idées d'un autre âge qui aidaient à faire mieux accepter la brièveté de leur vie — sentiment intolérable quand on en a pris conscience.

Mais Gren était très écouté par ses compagnons. Chacun d'eux savait qu'il ne parlait jamais pour ne rien dire. S'il disait tout cela, si près de sa propre disparition, c'est que ce devait être important.

— Il faudra bien un jour que les tongres vivent plus longtemps. Qu'ils puissent faire comme d'autres espèces, les carletoux par exemple.

Construire. Former un grand peuple, uni autrement que dans de brèves cérémonies. Il faudra un jour que les tongres vivent ensemble et non dispersés. Qu'ils essaiment sur la planète entière. Qu'ils vivent sur cette planète comme si elle était la leur. C'est aux tongres qu'il appartient de transformer le monde, parce qu'ils sont l'espèce la plus évoluée.

Dans la troupe, tous ne comprenaient pas totalement ce que Gren exprimait. Mais plus tard, quand il ne serait plus là, ils se souviendraient, par petites bribes, de tout ce qu'il leur disait maintenant.

— Les tongres doivent transformer cette planète. Il ne faut plus que la vie soit si brève. Il faut que les tongres puissent faire autre chose que manger, chasser, courir, élever leurs enfants. Il faut aussi qu'ils vivent et construisent des choses... Qu'ils échappent à la maladie... à la mort...

Il était épuisé, mais une sorte de transe l'avait pris. On aurait dit qu'il transmettait à son auditoire une vision qui lui était envoyée d'ailleurs. De l'intérieur même de son corps.

— Un jour peut-être, les tongres rencontreront d'autres êtres. Proches d'eux. Les tongres devraient approcher un jour le Peuple-qui-subit-un-autre-maître-que-lui-même...

Sur cette affirmation énigmatique, et qui semblait absurde, Gren se tut. Et nul n'osa plus parler après lui.

A l'aube première, le camp s'éveilla. Les tongres s'apprêtèrent à s'en aller. Ils n'échangèrent que quelques bribes de conversation. Tout était dit.

La troupe se mit en route, Gren et Rhniy plus lentement que les autres. Ils n'allaient pas loin. Une fois franchi le col de la petite montagne au pied de laquelle ils s'étaient abrités pour la nuit, on redescendit lentement vers un grand désert, celui des Pierres-Jaunes.

Du sable à perte de vue, dont la régularité n'était brisée que par de nombreux rochers affleurant le sol. De temps en temps, un plus gros roc donnait l'illusion d'un accident de terrain.

La troupe fit halte à mi-pente. Alors, les quatre vieillards firent leurs adieux à tous les plus jeunes. Et, comme Ouyr l'avait fait quelque temps plus tôt, ils s'en furent vers leur destin.

Arrivés sur le sable, ils suivirent la ligne la plus droite possible. Comme s'ils avaient eu l'intention d'atteindre l'horizon le plus directement possible. La petite troupe avançait à la queue-leu-leu, Gren en tête, Rhniy derrière les autres.

De leur côté, les plus jeunes remontèrent la colline. Il n'y avait plus rien à voir. Il fallait continuer à vivre.

Parvenus au sommet, ils se retournèrent cependant une dernière fois avant de replonger vers la végétation et la vie.

Très loin maintenant, quatre silhouettes semblaient avancer vers l'infini. Lentement, mais comme si aucun obstacle ne pouvait plus jamais les arrêter. Rien ne les distinguait des rochers du désert. Ils devenaient à leur tour pierres jaunes, érodées par le vent Menyr, sculptées d'or.

La troupe des survivants redescendit vers le monde.

Là-bas, dans le désert des Pierres-Jaunes, il n'y avait plus rien. Que du sable et des pierres. Si l'une de ces pierres semblait bouger encore, ce ne pouvait être que sous l'effet du vent Menyr.

On raconte que les tongres vont mourir dans le désert quand ils se sentent inutiles pour leur tribu.

Il semble plutôt qu'ils soient saisis d'un désir de se faire minéraux à leur tour. Leurs os se font pierres, leur sang devient solide, leur fourrure se mue en lichen. Leur esprit se mêle au vent Menyr et ce dernier n'en souffle que plus fort. Il emporte et balaie tout ce qui n'est pas sable.

Le vent Menyr emporte et balaie tout ce qui bat et vibre.

Mais le désert lui-même n'est qu'un géant endormi qui attend qu'on le réveille. Il fait le gros dos sous les caresses du vent. Il ronronne presque.

Et, pour provoquer cet éveil nouveau, il faudra bien autre chose que la simple chatouille d'un courant d'air...

Epilogue

Le souvenir de Gren-vyrr-malal-gren et de ses compagnons s'était complètement estompé dans les mémoires, quand survint le prodige.

Il faudrait bien des générations pour qu'un lien soit établi entre les paroles dernières de Gren prononcées avant sa mort, et ce qui commençait tout juste.

Quoi qu'il en soit, un jeune tongre était né de Peltin, de sa compagne et de son neutre. Il n'était pas comme les autres bébés tongres.

Il avait bien six pattes, mais les deux du haut, celles qui ne toucheraient jamais terre, ne se terminaient pas par des sabots.

Elles se terminaient par des doigts et des mains articulées, comme chez les carletoux. Des mains préhensiles.

Des mains pour attraper, pour saisir, pour se servir des objets. Pour fabriquer. Fabriquer et construire. Mais cela, aucun ne le savait encore.

Tous accouraient des quatre coins de la pla-

nète Soline pour voir ce mutant, ce prodige, cette curiosité.

C'était exceptionnel. Mais quelques années seulement. Car ce jeune tongre n'était que le premier. Bientôt, des mains semblables allaient pousser à l'extrémité des membres supérieurs de chaque enfant tongre.

C'est vers la même époque qu'un autre bruit, une autre rumeur se mit à courir. Une tribu tongre avait vécu une expérience surprenante : elle était entrée en contact avec le Peuple-qui-subit-un-autre-maître-que-lui-même.

Des êtres de ce peuple étaient sortis de leurs demeures souterraines, des êtres curieusement recouverts d'une fine couche de peau grise et lisse, qui leur cachait le visage, et les mains, et les membres, et tout le reste du corps. Ils étaient sortis de leur tanière.

La tribu tongre les avait croisés. Ils s'étaient épiés les uns les autres, mais il n'y avait pas eu d'agression. C'est alors que le bruit courut d'un contact avec ces animaux bizarres.

Le Peuple-qui-subit-un-autre-maître-que-lui-même avait tenté de communiquer, au moyen de

gestes désarticulés. Puis, des deux côtés, on en était resté là. Mais c'était un événement aussi important que la naissance du bébé tongre possédant des mains. Certains songeaient à établir un véritable contact avec les êtres du Peuple-qui-subit-un-autre-maître-que-lui-même, et à leur faire rencontrer le bébé prodige. Puisqu'ils avaient des mains eux aussi, ils seraient sans doute intrigués, intéressés. Une telle chose faisait peur aux autres tongres.

Il faudrait parler longtemps. Mais quelque chose d'important et de très nouveau allait se produire, tout le monde en était conscient. Des prophéties se faisaient jour à ce sujet.

En attendant, la vie continuait. Dans peu de temps, l'espèce commencerait à comprendre que le rêve de Gren-vyrr-malal-gren se réalisait lentement. Que les tongres devaient devenir les maîtres de la planète, les maîtres de leur destin. Qu'ils devaient imposer leur désir et non plus subir la vie qu'ils avaient toujours menée.

Mais cela, comme on dit à la fin d'une histoire, en est une autre.

Table

Achevé d'imprimer
le 22 août 1986
sur les presses de
l'Imprimerie Hérissey
à Évreux (Eure)

N° d'imprimeur : 40819
Dépôt légal : août 1986
ISBN 2-07-033276-4

Imprimé en France

38853

Albert Lamorisse

Crin-Blanc

Mouche

l'école des loisirs

11, rue de Sèvres, Paris 6e

Du même auteur à *l'école des loisirs*

Collection MOUCHE

Le ballon rouge

Loi n° 49.956 du 16 juillet 1949 sur les publications destinées à la jeunesse : mai 1980
Dépôt légal : janvier 2011
Imprimé en France par l'imprimerie Pollina à Luçon - L56699

ISBN 978-2-211-20552-8

Dans le sud de la France, là où le Rhône se jette dans la mer, il est un pays presque désertique appelé la Camargue, où vivent encore des troupeaux de chevaux sauvages.

Crin-Blanc était le chef de l'un de ces troupeaux. C'était un cheval fier et redoutable.

Mais un jour les hommes décidèrent de le capturer et, ce jour-là, l'histoire de Crin-Blanc parmi les hommes commença.

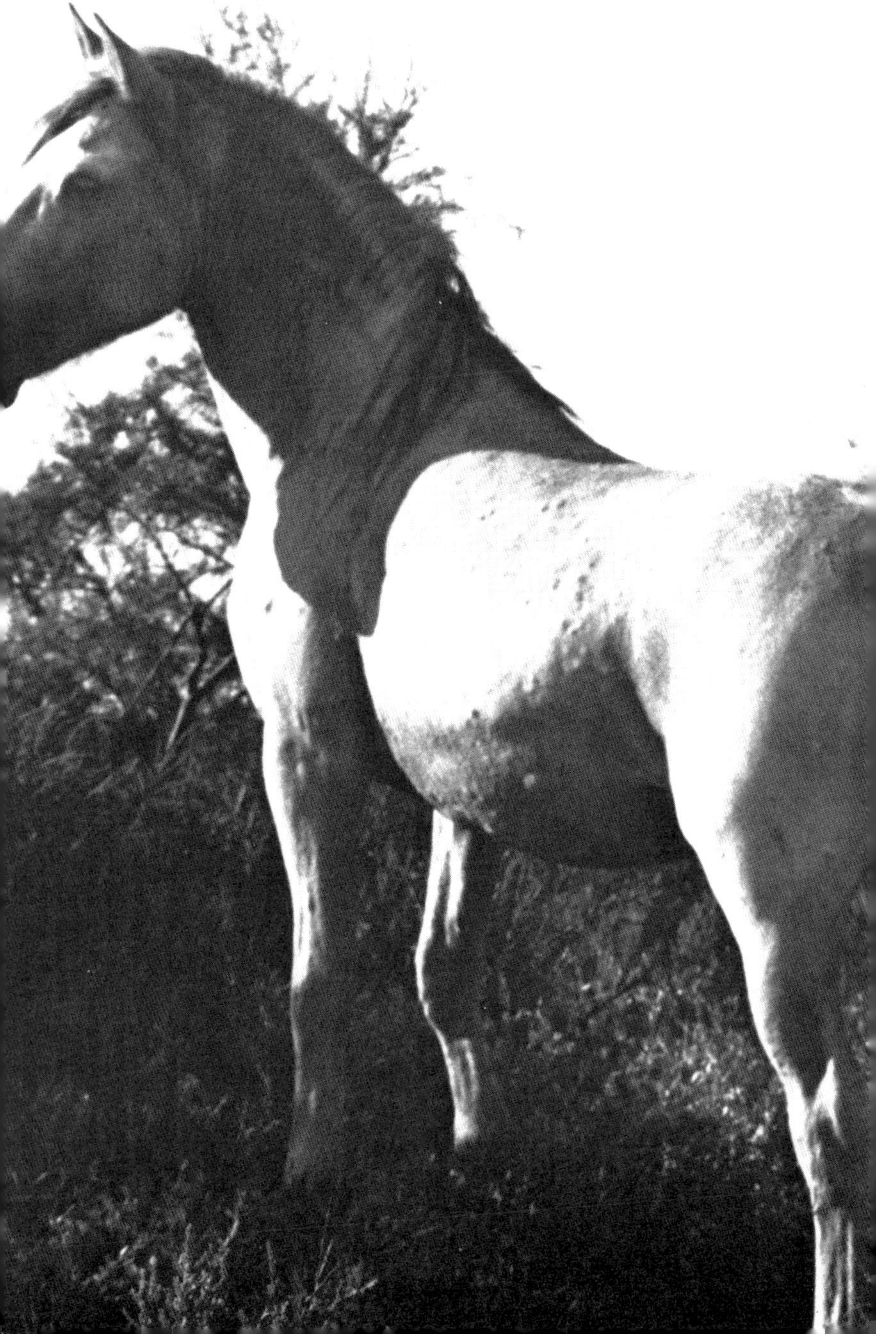

Après avoir poursuivi Crin-Blanc
à travers tout le pays,
le manadier et ses gardians
– les hommes qui, là-bas,
capturent et dressent les chevaux –
réussirent à l'enfermer et à lui
passer une corde autour du cou.

Crin-Blanc luttait
pour sa liberté.
Il aurait pu déchirer
ces hommes à coups de dents
ou les tuer à coups de sabots ;
mais le nœud coulant qu'on lui
avait passé autour de l'encolure
l'étouffait petit à petit.

À la pensée qu'un homme allait lui monter dessus et le diriger à sa guise, Crin-Blanc s'affola, bondit, cassa la corde et se sauva.

Folco, un vrai petit sauvage,
ami de tous les animaux
qu'il rencontrait, habitait,
non loin de là, une cabane toute
blanche au milieu des marais.

Ce jour-là, ainsi que chaque matin,
pendant que son grand-père
raccommodait les filets et que son
petit frère jouait au soleil, lui,
dans son barquet, partait pour la
pêche.

Folco avançait
sans bruit au milieu des fleurs
blanches qui couvrent les étangs,
quand il aperçut Crin-Blanc.

Il n'avait jamais vu
un cheval si beau.

Comme il se demandait
pourquoi Crin-Blanc était là,
tout seul, il entendit, derrière lui,
des pas dans l'eau.

C'étaient les gardians qui recherchaient Crin-Blanc.

Cette fois, au lieu de se sauver, Crin-Blanc fit face aux cavaliers ; et avec un hennissement sauvage, il s'élança contre le manadier qu'il renversa de sa monture.

L'homme, furieux, se releva en s'écriant :
– Cette sale bête..., celui qui la veut..., je la lui donne !

Folco s’approcha
et doucement lui dit :
– Vous la donneriez… même à moi ?
– Oui, même à toi, petit.
Mais quand tu l’auras attrapée…,
tes poissons… eh bien…
ils auront des ailes !

Et, avec un gros rire méchant,
comme s’il avait voulu se venger
d’avoir été désarçonné
par Crin-Blanc,
le manadier s’en alla.

Folco était très triste
que le manadier se fût moqué de
lui. Mais en même temps il se disait
en lui-même :
« Si je l'attrape, Crin-Blanc,
il sera bien à moi maintenant. »

Folco savait lire les traces sur le sol
et retrouva bien vite Crin-Blanc.
Il s'approcha tout doucement de lui,
sans respirer, comme s'il voulait
surprendre un gros poisson.
Puis brusquement il lança une
corde autour du cou du cheval,
qui se cabra, bondit
et partit au grand galop,
entraînant le pauvre petit pêcheur.

Affolé par cet objet qui rebondissait sans cesse derrière lui, Crin-Blanc galopait autant qu'il pouvait. Mais Folco, bien qu'à moitié noyé, tenait bon.

Heureusement Crin-Blanc s'arrêta, et, inquiet, se retourna pour voir ce qui le suivait ainsi partout.

Il vit ce petit sauvage tout noir de boue qui le regardait comme on regarde un ami.

Et lorsque Folco se leva et s'approcha de lui, Crin-Blanc se laissa caresser pour la première fois.

Le petit frère de Folco
fut tout étonné
quand il le vit arriver
avec ce grand cheval.

Folco lui raconta
comment il l'avait capturé.
Et les deux enfants
donnèrent à manger
à leur nouvel ami.

Mais, tout à coup, on entendit les hennissements des chevaux sauvages qui ne passaient pas très loin.
Crin-Blanc écouta et soudain leur répondit de toute sa voix.

Si Crin-Blanc aimait bien le petit pêcheur, il aimait encore plus aller galoper avec les autres chevaux.

Et quand il entendit leurs cris, il ne put résister à cet appel. Il se cabra devant les enfants épouvantés, cassa la corde et brisa la barrière que Folco avait eu la précaution de refermer.

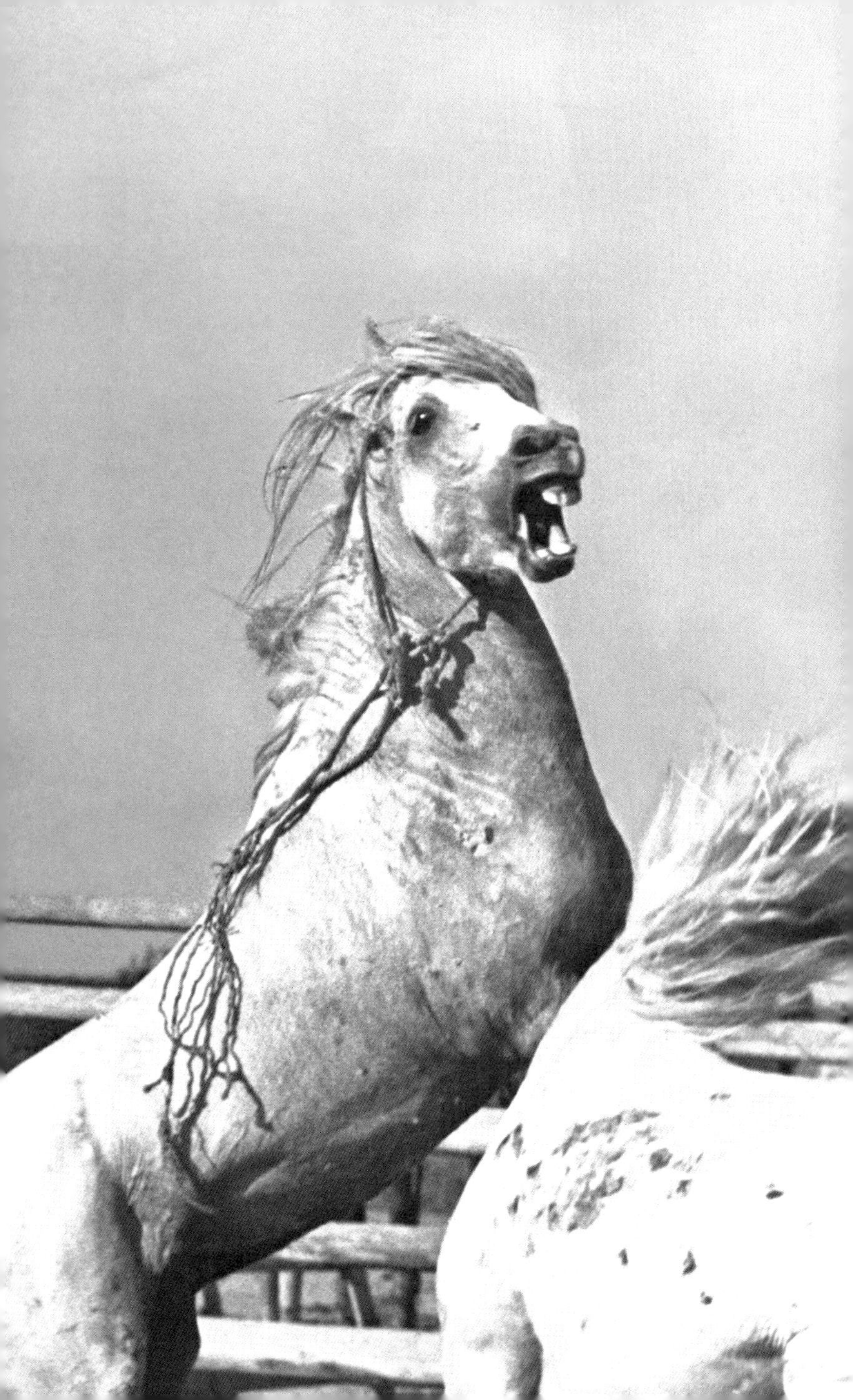

Mais un jeune cheval
plein d'ardeur
avait pris la place de Crin-Blanc
à la tête du troupeau
et il entendait bien la garder.

Alors Crin-Blanc se fâcha
et se battit avec lui.

Les chevaux,
dressés de toute leur hauteur
l'un contre l'autre,
semblaient vouloir se dévorer.

Puis, brusquement,
ils rompaient le combat,
se défiaient à distance,
grattaient le sol furieusement,
et soudain s'attaquaient.

La poussière volait dans le ciel,
les mâchoires claquaient,
les sabots frappaient le sol
et des hennissements sauvages
retentissaient.

On aurait dit deux lions
qui se battaient.

Mais peu à peu le jeune cheval faiblit, et Crin-Blanc prouva qu'il était bien resté le plus fort.

Crin-Blanc était blessé. Son sang coulait le long de sa jambe. Crin-Blanc le léchait, mais le sang coulait toujours.

Alors il pensa à son petit ami le pêcheur.

Et quand Folco
et son petit frère,
qui croyaient que Crin-Blanc
était parti pour toujours,
le virent revenir,
ils pleurèrent tellement
ils étaient contents,
et ils le soignèrent si bien
que Crin-Blanc fut vite guéri.

Lorsque Crin-Blanc alla mieux, Folco l'attacha et doucement voulut se glisser sur son dos. Mais Crin-Blanc était un cheval sauvage, et ne pouvait supporter qu'on lui montât dessus. Alors il rua, fit un écart, jeta Folco à terre, cassa sa corde et partit abandonnant celui qu'il avait cru être un vrai ami.

Il aurait voulu aller rejoindre les chevaux sauvages, mais le manadier et ses gardians l'aperçurent et se mirent à sa poursuite.

Crin-Blanc se réfugia dans un marais de roseaux où il disparut. Et le manadier, qui voyait encore une fois ce cheval lui échapper, donna l'ordre de mettre le feu aux quatre coins du marais pour l'enfumer et lui prouver que les hommes sont toujours les plus forts.

Folco fut alerté par les hennissements désespérés de Crin-Blanc. Guidé par la fumée qui montait dans le ciel, il accourut et vit Crin-Blanc entouré de flammes. Alors il se précipita dans le feu pour sauver son ami.

Crin-Blanc, affolé par les flammes qui jaillissaient de partout et par la fumée qui l'aveuglait, ne savait où se diriger. Et lorsque Folco apparut et lui monta dessus, il se laissa faire, sentant que seul l'enfant pouvait le sauver.

Crin-Blanc avait eu raison d'avoir confiance en son ami, et sortit des flammes avec seulement quelques poils roussis.

Mais les gardians comptaient bien le reprendre à ce petit bout de cavalier-là.

« Évidemment, se disait le manadier, ce cheval, je le lui ai donné puisqu'il a réussi à le capturer. Mais tout cela, c'était pour rire et nous le rattraperons bien ».

Folco avait bien du mal à se tenir sur Crin-Blanc, et Crin-Blanc avait bien du mal à galoper dans le sable des dunes avec un enfant sur son dos.

Et les gardians se rapprochaient, et déjà Folco entendait le bruit de leurs voix. Les gardians étaient contents. Maintenant ils étaient bien sûrs de rattraper le cheval et l'enfant, qui se dirigeaient tout droit vers le Rhône, le fleuve au courant infranchissable.

Or, Crin-Blanc préféra
se jeter dans le fleuve plutôt
que d'être repris par les hommes
qu'il détestait.
Et sur la berge, le manadier
et ses gardians s'arrêtèrent, effrayés.

Le courant emporta Crin-Blanc
et l'enfant vers la mer.

Et le manadier,
plein de remords, cria :
– Reviens, mais reviens, petit.
Je te le donne, ton cheval, il est à toi.
Reviens ! mais reviens donc !...

Mais le petit pêcheur n'écouta pas le manadier et les gardians qui lui avaient déjà menti.

Avec Crin-Blanc, il disparut dans les vagues aux yeux des hommes.

Ils nagèrent longtemps, longtemps.
Et Crin-Blanc, qui était doué d'une grande force, emporta Folco dans une île merveilleuse où les enfants et les chevaux sont toujours des amis.